KB044026

우리는 마침내
같은 문장에서 만난다

우리는 마침내
같은 문장에서 만난다

― 일상에 깃든 시적인 순간 ―

강윤미 산문

정미소

쓰지 않은 시간을 견뎌본 적 있는 사람의 글을 좋아한다. 마음속에 털실 몇 가닥 같은 그리움이 커다란 뭉치가 될 때까지 기다렸다가 마침내 때가 되면 슬며시 꺼내 단어를, 문장을, 이야기를 바늘에 꿰고 엮는 사람. 그런 사람이 지은 글은 오랜 기다림이 촘촘하게 엮여 있다. 올이 잘 풀리지 않는 아끼는 스웨터처럼….

스웨터 같은 글, 온기와 촉감과 냄새로 독자를 감싸는, 읽기보다는 입는다고 말하고 싶은 글. 내게는 강윤미 시인의 글이 그렇다. 등이 추운 날에 그가 자란 섬과 커트 머리 여자아이와 밤공기, 겨울 코트 이야기를 입는다. 옷장 속에 수많은 옷 중에 언제나 손이 가는 스웨터처럼 그의 글을 자주 꺼내 입을 것 같다. 오래 두고 좋아할 것 같다.

신유진 (번역가, 에세이스트)

한 권의 산문집이 일관된 호흡을 유지하는 것은 결코 쉬운 일이 아니다. 그 어려운 일을 강윤미 작가가 해냈다고 말하고 싶다. 심지어 그녀는 시인이다. 이 책은 처음부터 끝까지 흔들림이 없다. 담담하고 솔직하다. 아이들을 사랑하고 남편을 생각하는 마음이 그녀가 좋아하는 클래식처럼 책의 전반에 흐른다. 신춘문예로 화려하게 등단했지만, 오랫동안 시를 쓰지 못했던 작가는 산문집에서 흔히 볼 수 있는 자기연민에 빠지지 않는다. 조용하고 은밀하게 강단 있는 문장들이 놀랍다. 곳곳에서 눈부신 표현들을 만날 때마다 천생 시인이구나 싶었다. 우리는 마침내 그녀가 엮은 시의 한 구절 속에서 만나게 될 것을 의심치 않는다. 은둔했던 문단의 고수가 낮은 걸음으로 도약을 시작한 것 같다. 시인들이여, 긴장하시라. 이토록 담백한 산문집을 읽은 우리는 줄곧 그녀의 문장을 기다리고 있을 것이다.

이은정 (소설가)

내가 좋아하고 신뢰하는 한 친구와 이 책의 초고를 함께 나누어 읽었다. 얼마 시간이 지나지 않아 그에게 연락이 왔다. 나 읽다가 울었어. 나도 마침 어느 부분에서 눈물이 나던 참이었다. 그때 이 책을 정미소에서 출간하겠다고, 그리고 잘 만들어야겠다고 마음먹었다. 모든 책을 울다가 만든 것은 아니지만 읽다가 울었던 글은 반드시 책으로 만든다는 원칙에 충실하기로 했다. 나는 다정이 병인 양 하여 잠 못 드는, 그래서 무엇이라도 하며 살아가야 하는 사람들을 사랑한다. 읽고 써야 그 병이 잠시 낫는 다정한 그들을 응원한다. 강윤미 시인은 자신이 그런 사람임을 내내 고백하고 있다. 당신도 그러한 사람이라면 여기에 담긴 글들로 인해 잔잔히 위로받을 것이다. 내가 그랬듯, 그리고 나의 다정한 친구도 그러했듯.

김민섭 (정미소 출판사 대표)

7

시작하는 글

시를 제일 잘 쓰고 싶었고 시를 가장 사랑했던 고등학교 시절, 산문의 집에 들어가야 할 이야기가 생각나면 따로 다이어리에 적어두었다. 야간 자율 학습 시간이 되면 공모전에 응모하기 위해 시와 산문을 썼다. 내 글이 바다를 건너 서울로 간다는 사실이 생경하면서 황홀했다.

시로 지역 신문사에서 주는 큰 상을 받고, 산문으로 한 출판사의 청소년 문학상 공모에서 입상하면서 나는 이듬해 섬 밖에 있는 대학에 진학할 수 있었다. 대학에 입학하고 등단할 때까지 시만 썼다. 육아를 시작하면서부터 시를 한동안 쓸 수 없었고 불안했다. 코로나 팬데믹으로 아이들은 학교에 가지 못한 채 집에 온종일 있어야 했다. 아이들에게 온 마음을 내주는 동안, 시 생각을 전혀 하지 못할 만큼 외로웠다. 그때 산문이 생각났다. 시를 쓰는 내가 잊고 있던 산문을 쓰고 싶었다. 어떤 글이든 써야 했는데, 산문이 내 손을 잡아주었다.

아이들이 잠든 새벽에 책상에 앉아 글을 썼다. 여기 이 책에 실린 글은 그렇게 1년 동안 천천히 쓴 글이다. 글의 내용과 지금의 상황과는 달라진 부분이 있다. 하지만 고치지 않고 그대로 싣는다. 아이들이 지금보다 조금 더 어린 순간을 사진에 남겨두듯 그냥 두고 싶다. 그동안 나도 등단 11년 만에 첫 시집을 낼 수 있었다.

글을 쓰는 동안, 쓰는 사람으로서의 나의 존재를 상기시키게 되었다. 내가 글을 쓰는 것은 스스로 사랑하는 법을 깨닫지 못해서일 수도 있다. 그래서 시 쓰는 일은 쓸쓸하다. 나는 사랑받지 못 한 사람이어서 시를 쓴다는 생각에 턱, 숨이 막힐 때가 있다. 산문을 쓰는 동안 나는 조금 자유로울 수 있었다. 나에게는 시 말고도 좋아하는 것들이 있고, 시의 아름다움을 닮은 두 아이가 있다. 섬에 두고 온 사람들이 있고, 섬에 불던 바람을 기억하는 나의 유년이 있다. 시를 사랑하는 마음을 가진 여자아이는 섬을 버리고 육지에서 살고 있다. 시를 모른 척해야만 했던 시간을 잘 건너온 나의 마음을 위해서라도, 나는 느리지만 꾸준히 글을 쓰고 싶다.

　　엄마의 시를 낭송하는 딸들에게 사랑을 전한다. 엄마의 책을 언제나 편안하게 펼쳐봐 줘서 기쁘다. 책에 아이의 그림을 싣지 못했지만, 원고를 쓰는 동안 그림을 그려 엄마의 글을 완성해준 큰아이에게 고마움을 전한다. 또한 종이 가득 그림을 그리고 글을 써서 사전보다 더 두꺼운 책을 만드는 작은아이의 마음은 그대로 내게 귀여운 자극제가 된다. 아이들이 있어 글을 잃고 살았지만, 아이들이 있어 다시 글을 쓸 수 있었다.

차례

2부 • 빛나면서 빛나야 한다

3부 · 가장 오래 걸었던 여름

4부 • 내 것이 아닌 것처럼

/ 1부 /

우는 방법을 잊은

외로운 사람

Out of Island

육교와 강, 그리고 기차.

그것들은 내가 섬을 떠나와서 목격했던 이질적인 풍경이었다. 모두 어디론가로 가고 있거나 이동하게 해준다는 특징이 있다. 이쪽 세계에서 저쪽 세계로 변화하는 일. 그것들에 몸에 맡기고 있으면 어느새 다른 장소로 바뀌게 되는 일.

섬은 늘 정지되어 있고, 정박해 있으며 떠날 필요 없으므로 바닷물에 묶여 있다. 그런 것들은 그곳에선 불필요하다.

섬을 떠나온 일이 내 인생에서 가장 큰 방랑이며 용

기였다. 그때 몸에 남은 기운을 다 써버렸는지 이제 나는 어디로도 쉽게 떠날 마음을 내지 못하며 살고 있다. 떠난다는 것은 다른 빛깔의 하늘과 다른 종류의 바람을 맞으며 지내야 한다는 것을 의미한다. 생경한 것들을 피부에 받아들이며 적응해내는 일을 다시 버텨낼 자신이 없다. 떠나온 곳을 갖고 있는 사람은 떠나오지 않았다면 어땠을까 하고 자신에게 반문하게 된다. 그리고 다시 그곳으로 돌아가면 어떨까 하고 알 수 없는 인생의 한 부분을 늘 궁금한 채로 손에 쥐고 살아간다.

　기차 타는 것을 좋아한다. 창 가까이에 앉아 빠르게 흘러가는 풍경 보는 것을 아낀다. 터널을 지나가면 터널 속에 묻힌 풍경은 까맣게 타버린다. 다시 터널 밖으로 나왔을 때 환해지면서 들과 강이 등장한다. 육교와 건물이 보인다. 드문드문 집이 보이고 사람들이 보인다. 사람들은 정지해있다. 빨리 지나가 버리는 기차 속에서 그들의 속내를 알 길이 없다. 그들은 뭘 하던 중이었으며, 어디로 가던 길이었을까. 오늘은 어떤 생각과 감정에 귀 기울였을까. 기차 속에서 상념에 빠지는 일은 즐겁다. 평소 생각하지 못하던 것들을 깊이 침잠해 들여다보고, 평소 생각했던 것들을 다른 방식으로 생각할 여유를 얻는다. 아주 가끔 시까지 확장될만한 이야기들이 쏟아지기도 한다.

　기차를 타고 보는 것들은 내가 섬 밖에 나왔다는 사실을 명확하게 느끼게 한다. 기차라는 것이 섬에 없는 탓이기도 하지만, 섬에서는 '탈것'을 이렇게 오래 탈 일이 없다. 터미널에서 서귀포 가는 버스를 타고 바다로 갔던 스무 살. 할아버지의 기일에 동생들을 데리고 버스를 타고 갔던 애월. 소풍날 아침, 친구들과 버스를 타고 갔던 함덕.

　타는 것에 몸을 맡기고 풍경을 오래 지켜보기엔 섬은 짧다. 섬은 짧은데 내가 품은 생각들은 길어서 섬을 떠나와야 했을까. 모자 같은 섬에 생각을 감추고 나는 섬 밖에 나와서 모자 같은 섬을 본다. 섬에 있을 때 섬인 줄 몰랐던 무지와 섬 밖으로 나왔을 때 섬이라는 것을 비로소 깨달았던 피로에서 온 무기력. 나는 그것들을 수첩에 적는다.

　수첩에 시는 넘쳐나고 섬에 가둔 물은 가끔 내 수첩을 적신다. 글자가 번진 자국을 만난다.

겨울의 질량

비가 오는 날보다 눈이 오는 날이 좋다. 여름보다 겨울이 좋다. 나는 겨울에 태어났다. 겨울에 태어나서일까.

그곳에서 태어나 스무 살까지 살았다. 중산간 마을이었으므로 바다보다 산이 가까웠고, 풀을 뜯어 먹는 말과 소를 자주 보았다. 억새 곁에서 자랐다. 눈이 참 많이 왔다. 그 많은 풀을 덮고 나무들을 감싸고도 남을 만큼 참 많이 내렸다. 눈은 마당과 지붕을 덮쳤다. 개는 집에 들어가 꼼짝 않고 눈이 내리는 소리를 들었다.

아침에 일어나 창문을 들여다보면 하얀 눈이 내 무릎을 감싸던 날도 있었다. 태어나자마자 훌쩍 자라나는 눈의 성장. 눈을 만지는 것보다, 눈길을 밟고 지나가는 일보다 좋은 것은 눈이 쌓인 장소 위에 계속 내려앉는 풍경을 보는 일. 힘이 없고 나약한 눈은 멈추지 않았으므로 쌓일 수밖에 없는 강인한 고요에 이르렀다. 보이지 않는 1mm 위에 희미한 1mm가 합해져 눈의 장벽이 생긴다.

백석의 시에 나오는 흰 당나귀가 우리 집 마당에 앉아 있던 밤이 있었다. 열다섯이었나 열여섯의 어느 날부터 시를 쓰기 시작했다. 시집을 읽어본 적은 없었다. 교과서에 나오는 시를 배우며 특별한 감명을 받아서도 아니었다. 시어의 의미를 발견하는 눈도 없었고 시를 쓰는 방법을 배우지 않았지만 차오른 감정을 어찌할 바를 몰라 공책에 시 비슷한 것을 끄적이기 시작했다. 물론 연애시였다. 하늘에서 눈이 쏟아지길 기다리듯, 나는 대상을 바꿔 가며 짝사랑했다. 짝사랑을 짝사랑했다. 예술의 처음은 사랑이고, 예술의 절정은 사랑의 그림자이며, 예술의 결말은 사랑을 사랑이 아닌 척하는 사랑의 가면이다.

눈이 정말 많이 내리는 날엔 버스가 마을까지 들어오지 못했다. 눈길을 걸어 마을 입구 큰 도로변까지 내려가서 시내로 가는 아무 버스나 얻어 타고 학교에 가야 했다. 지금 같으면 아름다워서 꼼짝하지 않고 집에서 눈을 하염없이 보고만 있고 있을 것 같은데, 학교 다닐 땐 그 먼 길을 걸어 내려가 버스가 오기만을 초조하게 기다리곤 했다.

겨울이면 마을은 길을 감추고 할 일을 잊은 사람처럼 넋 놓고 있었다. 그땐 고립이었고 옴짝달싹하지 못하게 하는 불편함이었지만, 지금 떠올리면 눈이 내 곁에 내려준 음악 같고 그림 같다. 라벨의 〈피아노 협주곡 G장조 2악장 Adagio Assai〉를 듣는다. 샤갈의 〈나와 마을〉이라는 그림 속 염소를 떠올린다. 이제 눈이 오는 일을 목격하기 어려워서일까. 눈이 내리지 않는 겨울은 우는 방법을 잊어버린 외로운 사람의 얼굴 같다.

그 차가운 겨울의 끝에 나는 아무에게도 방해받지 않는 훼손되지 않은 마음에 대해 생각했다. 겨울을 온몸으로 맞고 홀로 우뚝 서 있는 내가 세상에 던지는 물음 하나를 영원히 풀지 않기로 작정한 것. 집에 들어간 개가 낯선 발소리를 듣고도 짖지 않고 웅크리고 있기로 마음먹은 것.

겨울의 공기는 차가운데 눈을 쥐고 있는 겨울은 따

스하다. 겨울의 촉각은 차가운데 겨울의 시각은 따스하다. 눈을 만지면 차가운데 눈이 모여 있는 나의 마을은 따스하다.

커트 머리 아이

나는 늘 커트 머리였다.

엄마가 바지만 사다 줘서 바지만 입었던 것인지, 내가 커트였으므로 치마보다 바지가 더 잘 어울린다고 생각해서 바지만 입고 다녔던 것인지 불명확하다. 나는 그저 '바지를 입은 커트 머리 아이'였다. 명화집에 간혹 껴있는 처음 들어 본 화가의 그림 제목 같다.

이따금 버스를 타고 시내에 나가면 엄마의 지인을 우연히 만나기도 했는데 그때마다 나는 큰아들이 되어야 했다. 명절 때 동생들과 증조할아버지께 세배하러 가면 증조할아버지는 나를 낯설게 쳐다보시며 매번 "저 남자

아이는 누구냐?"고 옆에 계신 친할머니께 물어보셨다.

　　내가 왜 짧은 머리로 어린 시절을 보내야 했는지 아직도 잘 모르겠다. 남자아이로 오해받는 상황에 대한 불편함이나 민망함은 기억나지만, 그 상태를 계속 유지해야 하는 이유나 설명을 엄마에게 요구해본 적은 없는 것 같다. 싫다고 말을 하고 싶었는지조차 가물가물하다. 내가 감정에 솔직하지 못하고 감정을 드러낼 줄 모르는 아이였던 것만은 확실하다. 이발기가 목덜미를 지나갈 때 나는 소리가 기억난다. 미용사는 얌전해서 착하다고 했다. 칭찬은 그럴 때나 듣는 거였다. 중학교에 올라가면서 교복 치마를 입기 시작했고 자연스럽게 머리카락을 기르기 시작했다. 그것이 내가 할 수 있는 최선이었다.

　　참, 나는 보통의 남자보다 길고 꼬불꼬불한 머리카락을 가진 사람과 살고 있는데 이것은 커트 머리 어린 시절에 대한 보상 심리가 작용한 결과일까? 아무 것이나 갖다 붙여서 내 어린 시절을 장식할 수 있다면 이런 말도 좋겠다. 연애 시절에는 미용실에 나란히 앉아 머리를 돌돌 말고 우주선을 타기도 했다.

　　아이들이 그린 그림 속에서 엄마, 아빠의 머리카락

이 비슷한 길이로 나부낀다. 바람이 스케치북을 훑고 지나가기라도 하면 샴푸 냄새가 풍금 소리처럼 풍길 것만 같다.

열 명의 아이들

열 명이 전부였다. 아홉 명의 아이들과 6년을 함께 보냈다. 학년이 바뀔 때마다 선생님만 새로 오셨고 우리들은 그대로였다. 우리는 '그대로'를 유지하면서 조금씩 자랐다. 그들의 동생과 언니와 형 누나와 우리는 모두 알고 지냈다. 운동회가 열리면 50명이 조금 넘는 전교생이 발에 끈을 묶고 뛰고 이어달리기를 했으며 한복을 입고 부채춤을 췄다. 일렬로 서서 멜로디언으로 동요를 연주했고 각자의 부모들과 할머니, 할아버지까지 함께 박을 터뜨렸다. 소풍이나 마을 밖으로 나가는 행사에는 부모와 같이 가는 것이 당연했고 우리는 몇 날 며칠 연습한 연극과 노래를 그들 앞에 선보였다.

열 명의 아이들로 시작해서 마을의 모든 사람들로 연결되는 이 끈을 붙잡고 나는 성장했다. 그중 다부진 아이가 집이 있는 방향으로 편 가르기를 하기도 했으며, 소심하고 민감한 재주가 없는 나는 공기놀이나 고무줄놀이 때 이쪽저쪽을 다 경험할 수 있는 특혜를 누리기도 했다. 우리는 마을 밖을 벗어난 적이 없었다. 우리들이 있는 이 작은 세계에서 모든 일은 벌어졌고 그것으로 충분했다.

중학교 때 버스를 타고 처음으로 인근 도시로 나갔다. 전교생이 50명 남짓 되는 학교에서 자란 내가 한 반에 50명이 넘는 그들 속에서 부딪치며 부대끼며 사춘기를 보내야 했다. 피아노를 기본으로 배우고 유치원을 나온 그들은 작은 마을을 이제 갓 벗어난, 촌뜨기 티를 벗지 못한 우리를 참 신기하게 여겼다. 신기해하면서 조금 얕잡아 보기도 했던가. 분교를 다녔다는 사실을 정확히 알고 일부러 물어보지 않는 한 나는 입 다물고 있었다. 그래야 그들 속에 섞일 수 있을 것 같았다.

고치를 뚫고 나온 열 명의 아이들은 드세고 야무졌던 도시의 아이들 틈에서 조금 피곤했고 조금 허물어졌을 것이다. 우리들의 세계에서만 우리는 명랑했고, 손바닥 안에 새겨 넣은 규칙은 우리들의 세계에서만 통용되는 것이었다. 버스를 타고 세상 밖으로 나온 우리들은 손바닥 규칙을 어기며 부수며 변형시키며 각자의 자리에서 어른이 돼야 했을 것이다.

아홉 명의 아이들을 보지 못하고 지낸 지 오래됐다. 아이들의 안부가 궁금해지는 밤.

참, 마을에 별빛은 가득했다.

뱀, 뱀, 뱀

평생 볼 뱀을 어릴 때 다 보고 말았다.

내가 태어나고 자란 한라산 중산간 마을에는 풀과 나무가 많았고 물이 고여 있었다. 풀과 나무와 물 곁에서 뱀은 자랐다. 나도 자랐다.

섬의 골목은 구멍이 숭숭 뚫린 검은색 현무암으로 쌓아 올린 돌담이 양옆으로 길을 만든다. 수업을 마치면 걸어서 집으로 간다. 곤란하게도 돌담 맨 끝 집이 우리 집이었다. 돌담길을 꼭 지나쳐야 했던 것이다.

돌담 맨 위에 뱀이 앉아 있다. 돌과 돌 틈에서 뱀이 삐쭉 머리를 내민다. 작은 내 발이 앞을 내딛기 오초 전쯤,

왼쪽 돌담에서 나온 뱀이 황급히 오른쪽 돌담으로 건너간다. 검은색 돌과 검은색 뱀. 내가 오기를 기다렸다는 듯 작은 발소리를 듣고 얼굴을 내밀던 그 뱀들. 나랑 놀고 싶었던 걸까?

집에 개를 키우지 않았던 적이 없었던 어린 시절. 우리 집을 거쳐 간 개의 족보를 만들 수 있을 만큼 개의 역사는 삼 남매의 성장과 함께한다. 화장실이 밖에 있던 슬레이트집에 살던 시절, 우리 집 마당엔 개와 더불어 닭이 있었다. 엄마는 화장실 한쪽에 라면 상자를 넣어두었다. 닭은 알을 낳을 때가 되면 상자에 들어갔다. 쭈그리고 앉아 볼일을 보고 있으면 갓 낳은 알의 온기와 닭에서 나는 특유의 냄새가 풍겨왔다.

집에 동생들과 나만 있었던 어느 날, 화장실에 들어간 순간 놀라자빠질 뻔했다. 라면 상자 안에는 뱀이 동그랗게 꽈리를 틀고 있었다. 상자 가득 뱀이었다. 그리고 냉장고 안으로 들어간 차가운 알이 아닌, 실온의 생명이 있는 그것이 뱀의 입속으로 들어가는 중이었다. 나는 겁에 질려 할머니 집으로 달려갔다. 할머니는 소금 한 줌을 집어 들어 화장실로 가셨다. 물컹물컹하고 능글능글한 긴 몸을 늘어뜨리며 상자 밖으로 나오던 뱀.

집으로 가는 골목의 입구에 큰 팽나무가 있었다. 팽나무에서 뱀이 떨어지는 기이한 일이 벌어지기도 했으며, 뱀을 물고 마당을 유유히 지나가는 고양이를 목격하기도 했다.

물뱀도 많이 봤다. 한라산에서 흘러내리는 물의 길을 품은 '내창'이 마을을 관통하고 있는데 그곳에서 물뱀이 자주 출현했다. 딱히 갈 데가 없는 우리들은 학교가 끝나면 마른 하천인 그곳에 자주 갔다. 바위 위에 앉아 놀기도 하고 개구리알이나 도롱뇽알 같은 것들을 관찰하기도 했다. 물이 고여 있는 곳도 있었는데 그곳에 사는 뱀을 이따금 볼 수 있었다. 우리는 뱀이 나타나면 뱀을 잡는 일을 하는 가족의 일원인 그 남자아이를 불러왔다. 아이는 망설임 없이 뱀을 잡았다. 뱀을 제압할 수 있는 유일한 아이라는 사실이 까만 얼굴에 묘한 긍지를 새겨 넣었다.

섬에는 뱀에 대한 설화가 많다. 집으로 들어온 뱀을 잘못 건들면 큰일이 생긴다고 해서 마을 사람들은 뱀을 함부로 건드리지 않았다. 그냥 지나가게, 왔던 곳에서 갈 곳으로 어서 지나가기를 우리는 잠자코 기다렸다. 뱀을 잡아 파는 일을 했던 그 가족에게 불행이 닥쳐온 것을 두고 마을 사람들은 뱀의 화가 불러온 결과라고 믿었다.

아이들과 동물원에서 뱀을 볼 때가 있다. 유리벽에 갇힌 뱀은 유리벽에 갇힌 뱀, 그 이상 그 이하도 아니다. 생김새 자체도 공포스러웠지만 예상할 수 없는 순간에 맞닥뜨려야 해서 익숙해지기 힘들었던 어릴 때의 뱀과 다르다. 동물원에 있는 뱀은 안에 있고 나는 밖에 있기 때문에 두렵지 않다. 유리벽 안에 있는 뱀은 아무것도 하기 싫어 경청하듯 내 얼굴을 바라본다.

귀신처럼 아무 때나 출몰하던 뱀들. 귀신은 본 적 없지만 뱀은 많이 봤다. 마을을 벗어난 내가 그곳을 떠올리면 뱀은 몸에 난 무늬를 길게 늘어뜨리며 내 기억에 점을 찍는다. 집 나간 자식처럼 나는 마을을 벗어나서 마을과 전혀 다른 풍경의 장소에서 살고 있다. 뱀이 지나간 길에 어린 내가 흩뿌린 두려움과 불안이 아직 마음에 남아 있다. 뱀은 차분히 기다리면 지나갔고 두려움과 불안도 곧 사그라들었다. 그러나 어른이 된 후 생겨난 두려움과 불안의 원인으로 추정할 수 있는 것들은 자주 바뀌었고 정확하지 않았다. 지나가기를 기다려야 하는 것이 무엇인지 모르는 불완전한 어른의 모습으로 살아갈 뿐.

　　무서워서 그립고 만질 수 없어서 간절하고, 독이 있
어서 황홀한 유년의 뱀. 똬리를 틀고 알을 몸 한가운데로
밀어 넣던 광경마저 그리워지는 날엔 마당 구석 푸른 영
토를 차지하고 있던 호박잎 넝쿨과 젊어서 예민했던 엄마
의 얼굴이 떠오른다.

고모 이야기

나에겐 여섯 살 차이 나는 언니 같은 고모가 있다. 언니가 없고 속마음을 부모에게 말하지 못했던 사춘기 소녀는 같은 마을에 있는 고모의 방에 자주 갔다. 갓 스무 살이 넘은 고모는 사회생활을 막 시작한 사회 초년생이었다. 버스를 타고 시내에 가서 일하고 돌아오는 고모를, 고모의 빈방에서 자주 기다렸다.

작은 마을에서 태어나고 자란 나는 고모가 시내 만화방에서 빌려 온 순정 만화책을 그때 처음 읽었다. 두근대는 마음 때문에 화끈거렸고 다음에 빌려올 다음 이야기를 기다렸다. 빛과 소금, 유재하, 조지 윈스턴의 〈December〉

음반이나 엔니오 모리꼬네의 〈Chi Mai〉 같은 음악을 그 방에서 처음 들었다. 최영미 시인의 『서른, 잔치는 끝났다』라는 시집을 꺼내 괜히 책장을 넘겨보기도 했으며 서랍을 열어 고모의 옷을 한 번씩 내 몸에 대보기도 했다.

이따금 불 꺼진 방에서 익숙한 음악과 함께 시작하는 〈토요 명화〉를 고모 옆에 누워 보기도 했다. 고모와 자는 날이면 내 몸에다 발을 걸치고 꽉 껴안고 자는 고모의 습관 때문에 옴짝달싹 못 하고 뜬눈으로 아침을 맞이했다.

수학시험을 망친 날엔 고모의 품에 안겨 울기도 했고, 백일장에서 상을 타게 되면 제일 먼저 고모에게 전화를 걸었다. 고모는 시내에 데려가 옷을 사주기도 했고 지금은 고모부가 된 그때의 남자친구를 내게 제일 먼저 소개해줬다. 내가 부모님 몰래 대학 원서를 내러 그곳으로 가려고 했을 때도 선뜻 비행기표를 해줬었다.

글을 쓰면서 고모를 떠올리니 고모에게 참 고마운 일이 많았다는 걸 새삼 깨닫는다. 웨딩드레스를 입은 나를 보러 섬에서 온 고모의 눈가가 젖었다는 걸 나는 안다. 섬을 떠나온 나는 혼자 살아야 했고 강해져야 했으므로 고모에게 기대지 않았다. 고모에게 전화하지 않았다. 내가 쳐 놓은 커튼 밖으로 나의 고단함과 외로움이 비치지 않았으면 했다.

좁고 길었던 그 방에 있던 고모의 이십 대와 나의 십 대. 그 방에서 다시 아이처럼 춤추고 소리칠 수 있을까.

드라마와 국수

———————————————

    그해 겨울, 학교 수업을 마치고 집으로 걸어가는데 골목 입구에서부터 동네 사람들이 모여 있었다. 어떤 큰일이 난 것처럼 웅성거리는 행렬의 끝은 우리 집이었고, 우리 집 마당에서부터 그 일이 시작됐다.

    서울에서 내려온 그들은 '드라마'라는 것을 찍는 일을 하는 스태프와 배우들이었다. 섬 속의 섬처럼 외지인을 보기 힘든 작은 마을에 나타난 그들은 신기한 존재가 되기에 충분했다.

    마을 사람들은 촬영이 있을 때마다 우리 집을 둘러싸고 구경했다. 겨울이었고 추웠으므로 다음 촬영을 기다리는 여자 배우들은 마당에 계속 있을 수 없어서 집안에서 기다리기도 했었다. 집안에 들어온 그녀들의 실루엣이 어렴풋이 생각난다. 한 여자 배우가 엄마에게 국수 좀 끓여줄 수 있냐고 부탁을 했다고 한다. 엄마는 풍로에 냄비를 올려 어묵과 채소를 넣은 멸치국수를 끓이셨다. 고등학생쯤 됐던 아역 배우를 포함한 여자 배우 몇 명이 국수를 맛있게 먹었고 국수를 부탁했던 배우가 돈을 주었다고 했다. 엄마는 안 받으려고 몇 번이고 거절했지만 배우는 한사코 엄마 손에 돈을 쥐여 주었다고 했다. 긴 촬영과 추운 겨울, 식당도 없는 낯선 곳에서 국수 한 그릇은 정말 값진 음식이었을 거라고 짐작해본다. 슬레이트집과 풍로, 한눈에도 가난해 보이는 살림. 딸린 세 아이. 배우는 국수를 먹고 맛있다고 고맙다고만 말하고 일어서기 어려웠을 것이다.

드라마 촬영은 마을에 있던 분교와 인근 마을에서도 이루어졌는데, 마을 사람들이 엑스트라로 참여하기도 했다. 나 역시 마을 사람들과 같이 버스를 타고 새로운 장소로 갔던 기억이 있고, 어떤 놀이터에서 '놀고 있는 아이'로 잠시 나왔던 것 같다. 기억은 고집이 세고 변덕도 잘 부려서 내 기억보다 좀 더 많은 추억이 드라마 촬영과 연관 됐을 수도 있고 별 얘기 없는 해프닝만 가득했을 수도 있다. 다시 드라마를 볼 기회가 있다면 어린 나를 만나보고 싶다. 그리고 옹색한 살림에도 빛나던 젊은 엄마를 안아 주고 싶다.

세 아이를 먹이고 기르느라, 농사를 짓고 아버지 성미 맞추느라 젊었던 엄마는 젊은 줄도 모르고 아름다운 줄도 몰랐을 것이다. 우리는 다 자라서 어른이 됐지만, 어머니는 더 자랄 데가 없어서 외로웠을 것이다.

음식값을 줬다던 배우는 지금도 영화와 드라마에서 만날 수 있다. 어머니의 꿈은 무엇이었을까. 엄마는 어렸을 때, 학교에 다녔을 때 어떤 일을 하고 싶었을까. 이제껏 물어보지 못해서 미처 궁금하지 않았다. 음식 솜씨가 좋아 부엌을 떠나지 못했던 걸까.

채소만 넣지 않고 어묵도 푸짐하게 넣어서 끓인 엄마의 국수. 엄마는 그때나 지금이나 음식을 하면 더하면 더했지 부족하게 하지 않는다. 그래서 나는 지금 이렇게 글을 쓸 수 있다.

귤이 나에게 건네는 말

낮고 깊은 질감의 색을 칠하며 불어오는 바람의 계절이 오면 귤이 생각난다. 지극히 3인칭 시점에서 귤을 떠올리고 구매자 입장에서 귤을 살피고 가격을 확인한다.

1인칭 시점에서 귤을 만지고 냄새 맡았던 때가 있었다. 내가 어릴 때부터 대학생 때까지 우리 집도 작은 미깡밭을 갖고 있었다. 제주 사람들은 귤 밭을 '미깡 밭'이라 부른다. 하얀 꽃이 피고 초록색 알맹이가 점점 커져서 샛노랗고 주홍빛으로 변할 때까지 귤을 지켜보았다.

늦가을부터 겨울까지 나무 하나에 매달려 전정가위로 귤을 땄다. 나무 하나에 그렇게나 많은 귤이 열렸을

줄은 몰랐다. 알면서도 매번 모르고 시작하는 일. 그래서 가을이 오면 부모님을 따라 귤 밭에 갔다. 맨 꼭대기에 있는 귤은 나뭇가지를 내 가슴 쪽으로 잡아당겨 귤을 딴다. 나뭇가지를 당기면서 뺨에 가느다란 상처가 새겨지기도 한다. 맨 아래쪽에 매달려 하마터면 잊고 지나갈 뻔했던 귤은 웅크려 앉아서 나무 밑에 들어가서 딴다. 나무의 왼쪽에서 오른쪽으로, 중간에서 아래쪽으로 중간에서 다시 위쪽으로 가면서 딴다. 귤이 노랗고 주황색인 이유는 잊지 말고 자기 좀 데리고 가란 뜻일 테다. 과일이 알록달록 말을 건다.

바구니 가득 귤이 채워지면 콘테나에 옮긴다. 다시 귤을 바구니 가득 채우고 콘테나에 비운다. 반복하면 저녁이 온다. 콘테나에는 귤과 작은 잎사귀들이 같이 들어가기도 하고 전정가위 때문에 상처가 난 귤이 들어가기도 한다. 귤이 가득 찬 콘테나가 아파트처럼 쌓여간다. 창고 안에 귤이 가득하다.

귤을 다 따고 나면 콘테나에 있는 귤을 모두 부어 썩은 귤, 상처 나거나 모양이 볼품없어 상품성이 떨어지는 귤을 골라낸다. 이렇게나 많은 귤이 한꺼번에 한 장소에 모여 냄새를 피운다. 분명 귤 냄새가 엄청났을 텐데 이상하게도 그때의 귤 냄새는 기억나질 않는다. 귤 냄새를 맡기도 전에 귤을 A급 B급으로 나눠야 했고, 실수하지 말아야 했다. 나는 꽤 진지한 얼굴로 그 일들을 했다. 그날 해야 할 일은 그날 끝내야 하는 부모님의 마음을 눈치 챌 수밖에 없던 큰딸이었기 때문이었다.

이쁘게 단장한 귤은 남동생 이름이 찍힌 콘테나에 옮겨져 선과장으로 간다. 다른 집 귤과 구분해야 하므로 콘테나마다 이름이 있는 것이다. 선과장에서는 크기별로 귤을 나눈다. 아버지가 기계 위에 귤을 부어놓으면 우리는 서서 흠집이 나거나 썩은 귤이 들어갔는지 다시 살핀다. 밤은 된 지 오래되었지만 선과장의 불빛은 오랫동안 꺼지지 않았다.

마을 선과장은 요즘 트렌드에 맞게 몇 년 전 카페로 변신했다. 나는 아직 카페에 가보질 못했다. 우리 집도 귤 농사를 짓지 않게 된 지 오래됐다. 나는 섬사람들이 말하는 '육지 사람'이 되어 살고 있다. 가을이 되면 귤이 생각나 '육지 사람'처럼 마트에 나온 귤을 산다. 까기 쉬워서 먹기 편한 귤. 시를 쓰고 책을 읽으면서, 텔레비전을 보면

서도 귤을 까먹는다. 까먹기 쉬운 귤을 창고와 선과장에서는 쉽게 먹지 못했다. 못생긴 귤만 골라 놓은 콘테나에 있는 귤을 먹었다. 잘생기고 윤기 나는 귤은 육지 어딘가로 간다고 했다. 처음 들어보는 지명은 아무 감정도 불러일으키지 않았다. 다만 어느 곳에서 주스도 되고 모르는 사람 손에서 과즙과 향기를 내뿜었다고 생각하니 어른이 된 나는 문득 부모의 노고와 선과장의 불빛이 생각나 고요해진다.

어린 나는 바구니를 얼른 채워야 했으므로 귤을 사랑하지 못했다. 하지만 지금은 가을이 오고 겨울이 되면 어김없이 귤이 그립다. 다 먹지 못해서 몇 개는 금세 썩어버리고 말 것을 알면서도 상자에 담긴 귤을 사게 되는 걸 보면 그때 맡은 냄새와 감촉, 귤나무가 내게 건넨 그늘을 나는 아직 잊지 못한 것 같다.

저녁노을을 닮은 귤빛이 내 손바닥에 스며든다. 그래서 가을이다. 사랑이라 부를 수 있다.

동문 시장 떡볶이

떡볶이가 먹고 싶었다. 임신이라는 경험을 처음 했을 때, 입덧이 끝나 왕성하게 먹고 싶은 것들이 생각났던 그때 동문 시장에 파는 그것이 나는 먹고 싶었다.

고등학교 때, 친구들과 삼삼오오 떼를 지어 먹었던 떡볶이. 통통한 튀김 만두와 어묵과 떡이 빨간 국물 속에 빠져 있고 한 사람당 하나씩 계란 하나가 야무지게 들어가 있는 한 그릇 음식. 시장에는 떡볶이집이 여러 군데 있었는데, 그릇 밖으로 삐져나오는 떡의 양이 많고 서비스로 튀김 만두를 더 많이 주는 가게로 가서 우리는 수다를 채웠다.

섬을 떠나고 만난 떡볶이는 고향 떡볶이와 생김새가 달랐다. 양념 맛이나 그릇을 채우는 재료 구성이 달랐고 서비스 만두도 없었다. 그래서 딱히 떡볶이가 생각나지 않았었는데, 임신했을 때는 간절했다. 섬처럼 배는 불러오고 비행기를 타야 갈 수 있는 섬에 떡볶이는 있어서, 나는 매번 '먹고 싶다'는 생각만 하며 침을 꼴깍 삼키곤 했다.

몇 해 전에는 두 아이를 친정 부모께 맡기고 모처럼 남편과 떡볶이를 먹으려고 찾아갔는데 관광객들의 입소문을 타기 시작한 그곳이 대기표까지 받아야 하는 곳으로 바뀐 탓에 긴 줄을 기다릴 자신이 없어서 시장 밖으로 나와 버렸다. 시장 바닥의 생선 냄새와 족발 냄새, 어릴 때 엄마와 같이 가서 맡았던 여러 냄새 속에서 난 울음이 터져 나와 남편 뒤를 쫓아가며 몰래 눈물을 훔쳤다.

내가 나로 성장하기 위해 먹었던 고향 음식들. 입맛이 변하고 생각도 변했지만 먹는 것이 곧바로 나의 모든 것이 되었던 시절 음식들은 몇 년에 한 번씩, 불쑥 튀어 오르며 입안에 침을 고이게 만든다. 몸의 가장 깊은 밑바닥이 어디인지는 모르겠으나 그곳에 짐승 같은 나의 미각이 살아 숨 쉰다. 새벽의 끄트머리까지 잠을 못 잘 때가 있는데, 머릿속을 둥둥 떠다니는 고래 같은 허기가 몸을 훑고 지나간다.

　몇 달 전에 아이들과 오랜만에 그곳을 찾았다. 아이들이 아기였을 때는 좁고 허름한 떡볶이 집에서 울고 보챌까 봐 편히 먹지 못하고 돌아올 때도 많았는데, 이제 같이 갈 수 있을 만큼 자란 것이다. 물 없이는 떡볶이를 잘 먹지 못했던 아이는 맵지 않고 달콤한 맛이 나는 그곳의 빨간 음식을 꽤 잘 먹었다. 그리고 이제 나 대신 내 마음을 말하는 지경에 이르렀다.

　"엄마, 동문 시장 떡볶이 먹고 싶다!"

애기구덕

'구덕'이라고 불리는 것이 있다.

돌하르방, 오름, 야자수, 흑돼지……. 그것들에 비하면 턱없이 부족한 유명세지만, 제주도 사람들은 이것을 거쳐 가지 않은 사람들이 없을 정도로 익숙하다. 익숙해서 그냥 삶으로 남은 것. 삶인 것.

박물관에 가면 대나무로 엮어진 바구니 형태의 이것이 전시되어 있다. 요즘 쓰는 것은 좀 다른 모양인데, 아기의 요람 혹은 일종의 흔들 침대라고 말하면 될까? 아이가 태어나 스스로 밖으로 탈출하려 할 때까지 이 작은 세상에 누워 잠을 자고 젖을 빨고 옹알이를 한다.

이제 막 움트기 시작한 작고 소중한 생은 기꺼이 제 몸을 받아 주는 아름다운 공간에 잠시 세 들어 산다. 동생이 태어나면 동생에게 물려주고 옆집에 아이가 태어나면 옆집 아이에게 건너간다. 단단한 쇠붙이로 프레임이 만들어진 탓에 부서질 일 없고 닳을 일이 없어서 모빌을 보다 잠든 아이가 어른이 돼서 다시 아이를 낳을 때까지, 세월을 바짝 견디고 버틴다. 아기가 만난 첫 세상인 그것은, 후한 인심으로 엄마가 된 아이의 아기를 두 손 뻗어 반긴다.

나의 작은 몸도 그곳에서 잠들었을 것이다. 깨다 울기도 했을 것이고 뒤집기를 시작했을 땐 구덕 밑 세상이 궁금해 뒤집어 보려고 당찬 포부의 발길질도 했을 것이다. 내 어머니, 혹은 어머니의 어머니들은 밭일을 나갈 때 구덕에 아이를 눕히고 발 하나를 구덕의 옆구리에 걸치고 흔들어주며 일을 했다고 들었다. 아이를 키우며 집안일과 농사일을 거들어야 했던 섬 여자들의 삶이 네모난 상자 속에 담겨 있다.

아이는 그곳에 홀로 누워 세상을 익히느라 고독하고 엄마는 아기를 재우며 여자의 삶을 반추하느라 밤이 더 밤같이 느껴졌을, 숱한 벽지 위의 어둠. 배고파 울고 졸려서 울었을 작은 몸에게 젖을 먹이고 자장가를 불러주던 몸도 마음도 어여뻤던 그녀들.

첫 아이를 출산한 딸을 조리해주러 오신 어머니께선 밤낮으로 울고 보채는 아이에게 구덕만 한 것은 없다며 섬에 계신 아버지께 보낼 것을 급하게 요청하셨다.

며칠 후 택배 아저씨가 벨을 눌렀다. 문을 열고 나가니 한 쪽 손에 그것을 든 아저씨가 알 수 없는 표정으로 서 있었다. 단단하고 괴상하게 생긴 쇠붙이를 아무런 포장 없이 보낸 털털한 아버지 탓에 몸매와 생김새가 그대로 드러났던 것. 아저씨는 내게 물건을 건네면서 한참을 갸우뚱거린다.

비로소 묻는다.

"그런데, 대체 이건 뭐에 쓰는 거예요?"

오늘 잡았다

아이의 입안에 '이'라는 것이 하나둘 싹처럼 돋아
나던 때, 나는 매일 이유식을 만들어야 했다. 초보 엄마여
서 육아 서적을 자주 들여다보곤 했는데, 책에는 철분이
부족한 모유를 보충할 소고기를 넣고 이유식을 만들어야
한다고 강조하고 있었다.

집 근처 정육점에 갔다. 정육점 주인은 이유식을 만
들 거라 하니 싱싱한 소고기를 주겠다며, '오늘 잡았다'라
는 말을 곁들였다.

오늘 잡았다

'오늘 잡았다'라는 그 말을 듣는 순간, 멈칫했다. 정육점 주인은 칼로 소고기를 다지면서도 "오늘 잡아서 싱싱하다"라는 말을 몇 번이고 반복했다. 싱싱한 고기를 내준다는 자부심과 손님에게 만족감을 준다는 기쁨이 서린 목소리였다. 조금 들뜬 그의 목소리를 들으며 나는 다시 멈칫거렸다. 그 말이 자꾸 목구멍에서 걸렸다.

어릴 때 살았던 집 마당엔 동네 사람들이 가득하던 때가 많았다. 아버지는 동네일이면 만사를 제치고 하는 성격이어서 아버지 또래 혹은 선후배쯤 되는 사람들이 늘 아버지 주위에 머물렀다. 마을 어르신 합동 세배식, 마을 체육대회 등 동네일의 중심에 아버지가 있었다.

마당에서 돼지나 닭을 잡던 풍경이 어렴풋이 기억에 남는다. 돼지와 닭을 잡는 일은 온종일 이루어진 것 같고 축제라면 축제이고 행사라면 행사일 수 있을, 작은 마을에서 벌어지는 그 '기승전결'의 풍경이 아무래도 내겐 조금 체한 기억으로 남은 것 같다. 하나의 생명이 고기가 되기까지의 과정. 아무것도 보지 않았다면 좋았을 뻔했지만 나는 이미 보고 말았다. 그런 것들이 기억에 남을 이야기가 될 줄 알았더라면 부모님은 우리 삼 남매를 할머니 댁으로 보냈겠지만 그 시절, 작은 마을에서 벌어지는 일들은 규칙도 한계도 없는 것이었다.

　　마지막까지 남은 돼지와 닭의 숨. 동네 사람들 대신 느껴야 했던 죄책감과 두려움. 그렇다고 내가 채식주의자란 말은 아니다. 고기를 혐오한다는 말은 더더욱 아니다. 불판에서 지글지글 구워지는 고기를 보면 설레는 내가 이상한 지점에서 주눅들 때가 있다는 것이 나를 당황하게 만든다. 남편 지인이 보내온 소고기 한 덩이. 핏빛의 그 고깃덩어리를 볼 때나 닭고기를 손질하다가 잘린 목을 볼 때, 어떻게 이것을 음식으로 만들어야 하나 아득해지는 것이다. '날것'의 이미지가 주는 불편함이 나를 부자연스럽게 만든다.

　　남편에게 손질을 부탁하고 먹음직스럽게 구워진 소고기가 접시 위에 얌전히 올려져 있는데도 괜히 떨어진 식욕을 탓하며 밥에 김을 싸서 허기를 채우고 만다. 남편은 식당에 가면 상추를 몇 번이나 리필하면서 맛있게 고기를 싸 먹는 내가 이따금 보이는 이런 이중적인 행동이 이해가 안 된다는 표정이다. 나도 나의 이런 행동이 우스꽝스럽다.

어찌 됐든 나는 〈오늘 잡았다〉라는 시를 쓰기도 하였으나 사적인 이야기가 너무 큰 비중을 차지해서 시라기보다 짧은 산문에 가까워서 〈소쉬르 정육점〉이란 시로 제목도 바꾸고 시 내용도 많이 바꾸어서 발표했었다.

체한 기억은 체한 기억으로 남기고 배가 고프면 고기를 맛있게 구워 먹는 걸로 내 식생활은 유지해야겠다.

유치한 결론에 이르고 말았다.

밤공기는 누가 사랑했을까

라디오에서 김광민의 연주가 흘러나온다. 오랜만이다. 이 익숙한 피아노 선율. 익숙한 음악이 나를 별안간 그곳으로 데리고 간다.

내가 태어나고 자란 곳은 중산간 마을에 속해 바다와 멀리 떨어져 있다. 그럼에도 불구하고 마을에서도 조금 높은 곳에 위치한 집 옥상에 올라가면 바다를 만날 수 있다. 여름밤, 옥상에 올라가면 한치잡이 배들을 볼 수 있다. 집어등을 켠 배들이 뿜어내는 불빛은 고흐의 〈별이 빛나는 밤〉 속 풍경처럼 아스라하게 젖어 있다. 확실한 형체는 없지만 분명 있는 것. 답답할 때면 옥상에 올라갔다. 그저 옥상 난간에 서서 희미하게 보이는 시내 건물들과, 그 많은 집과 공간에서 무언가를 하고 있을 사람들을 상상했다. 그리고 풍경 너머에 있는 바다를 마음에 품곤 했다. 밤에 보는 바다는 고요한 숨을 몰아쉬고 있는 웅크린 검은 짐승 같다.

옥상 한쪽에 눕는다. 휴대용 시디플레이어의 플레이 버튼을 누르고 귀에 이어폰을 꽂는다. 김광민의 피아노 연주가 흘러나온다. 밤 천장에는 별빛들이 가득하다. 별빛들이 음악 속에 숨어든다. 나는 음악과 별빛과 사랑에 빠진다. 밤공기 속에 이 모든 것을 껴안은 내가 누워 있다. 바다 같은 밤 속으로 풍덩 빠진다.

낭만을 낭만으로만 생각해버리기엔 조금 헛헛했던 감정들이 옥상에 남아 있었다. 누구에게 그 헛헛함을 고백해야 할지 알 수 없어서 별들을 보고 밤바다를 보고 음악 속으로 기어들어 갔다.

대학 시절에는 늦은 밤 시 쓰는 선후배들과의 술자리가 끝나면 무서운 줄도 모르고 밤 속으로 성큼성큼 걸어가 벤치에 앉아 있거나 나무 옆에 앉아 있었다. 자취방에 가려면 교정을 지나가야 하는데, 그냥 지나치지 못하고 어디든 주저앉거나 나무들 속으로 들어갔다. 한참 그렇게 있다가 어둠의 종착지인 방문 앞에서 열쇠를 꺼내곤 했다.

엄마가 되고부터 밤에 밤 곁으로 홀로 나가보지 못했다. 아이들의 밤은 잠들면 완성되었지만, 나의 밤은 어디로 가야 할지 몰라 거실을 괜히 서성거렸다. 잠은 오지 않을 때가 많지만 잠이 오지 않는다고 말할 사람이 딱히 생각나진 않았다. 오랫동안 밤에 혼자 나가보지 못한 탓에 밤에 혼자 나간다는 생각을 떠올리지 못한다. 떠올리지 못해서 실행에 옮기지 못한다. 누군가를 지켜내야 하는 삶으로 돌아앉은 나는 이제 밤은 조금 무서운 것이 되었다. 밤에 생기는 흉악한 일들이 먼저 생각나고 창문 너머 보이는 아파트 벤치에 혼자 앉아 있는 것도 두려운 일이 되었다. 잠이 오지 않을 때 거실 불을 차마 다시 켜지 못해서 맞은편 아파트를 멍하니 쳐다볼 때가 있다. 한두 집 불빛이 켜져 있다. 그곳의 불은 왜 아직 켜져 있을까, 궁금해 하면서 조금 안도가 된다. 끝이 없이 펼쳐진 밤은 나 혼자 갖기엔 너무 크니까.

밤에 둘러싸인 밤공기를 콧구멍을 벌렁거리며 마셔본 때가 언제였던가. 밤공기를 참 좋아했던 나는 멀리 가고 고양이들만 밤 가까이 있다.

스무 살의 기숙사

새빨간 담요 하나와 책 몇 권, 옷 몇 가지와 신발. 양손으로 들 수 있을 정도의 단출한 짐을 들고 기숙사에 입소했다. 짐 정리를 도와주고 나서 엄마는 택시를 타고 공항으로 가셨다. 엄마 없이 낯선 곳에서 낯선 이들과 시작해야 하는 내 인생을 처음 실감했다. 택시 타고 가던 엄마의 뒷모습이 마음에 남는다. 헤어지고 만나는 일은 사람에게 달려 있지 않고 시간이 허락해야 함을 깨달았다.

입소 첫날, 한 살 많은 언니는 내게 곰살궂게 말을 붙이고 학교 앞 대학로에 나가서 밥도 사주었다. 언니의 살가운 미소에 이끌려 언니가 있던 동아리에 덜컥 가입도 했다.

2학기 때 만난 방 짝은 동갑내기 친구였는데 책상에 책은 없고 메이크업 아티스트가 쓸 만한 큰 메이크업 가방을 놓고 눈썹을 붙이고 공들여 화장했다. 난 그렇게 큰 화장품 가방을 처음 봤을 뿐 아니라 신입생이 신부처럼 보이는 진한 화장을 하는 것도 신기해서 그 아이를 조금 경계했다. 수업은 가지 않고 밤에 친구를 데리고 와 수다 떠는 것을 좋아해서 2학기 내내 잠을 못 잤다. 벽 쪽으로 몸을 돌려 잠든 척했지만 스탠드를 켜고 밤새 수다 떠는 그녀들의 대화는 귓속으로 쉴 새 없이 들어왔다. 모르는 사람과 한방에서 자는 것이 힘든 일이라는 것을 처음 느꼈고, 스트레스로 인해 글 쓰는 일은 커녕 책 읽기나 사소한 일상을 이어나가기도 어려웠다. 그렇다고 그녀에게 다짜고짜 따지지도 못하고 소심하게 시간이 흘러 종강하기만을 기다렸다. 결정적으로 그녀 덕분에 자취를 시작하게 됐다. 내가 타인의 시선과 눈길에 사로잡히면 내 존재와 까마득히 멀어져서 나를 잃어버린다는 것을 깨달았기 때문이다.

기숙사는 11시가 되면 문을 닫기 때문에 10시 30분이 넘어가면 모임에 있다가 달려가야 했다. 점호 시간에 늦지 말아야 했고, 벌점제도가 있어서 벌점이 쌓이면 퇴소해야 했기 때문이다. 기숙사 언니들과 이따금 돈을 모아 1층 화장실 창문으로 배달 치킨을 받아서 먹었고, 1년에 한 번 기숙사 축제 때 외부인을 초대할 수 있었다. 손빨래하고 나면 탈수기에 동전을 넣고 옷을 짤 수 있었다. 폭발할 것처럼 들썩거리며 탈수기가 돌아가고 그 앞에서 잠잠해지기를 기다리곤 했다. 닭갈빗집에서 아르바이트했던 적이 있었는데, 10시까지 일을 하고 엘리베이터를 타면 점호 시간을 맞추려는 기숙사생들로 엘리베이터가 꽉 찼다. 엘리베이터에 퍼지는 닭갈비 냄새가 눈치 보여 10층 기숙사 방까지 계단으로 자주 걸어 올라갔다.

　　기숙사로 가는 길은 여러 길이 있었다. 그중 맞은편에서 누군가 걸어오면 한쪽 끝에 몸을 비스듬하게 세우고 잠깐 멈춰서 그 사람이 걸어가길 기다리고 나서 내가 걸어갈 수 있던 좁은 길이 있었고, 그 길 바로 옆에 음악대학이 있었다. 토요일과 일요일에도 음악실 문은 열려 있었고 연습하고 있는 음대생들 덕분에 클라리넷 소리, 피아노 소리, 바이올린 소리 같은 것들이 섞여 흘러나오곤 했다. 그리고 나도 가끔 음악실의 방 한 곳에 들어가 피아노를 쳐보곤 했다. 피아노 건반은 종일 손가락에 시달려 물러터지고 힘이 없었다. 누르면 시원하게 들어갔다 올라오지 않고 조금 시간이 걸렸고 소리도 둔탁했다.

작은 연습실 방문을 닫고 피아노 앞에 혼자 앉아 사소한 노래들을 사소한 기분으로 쳐보곤 했다. 제대로 피아노를 배워보지 못해서 연주가 되지 못한 서툰 음들의 행렬이 대부분이었지만, 내가 피아노를 치고 있다는 환상이 좋았다. 다른 방에서 각자의 악기로 연습하는 음대생들 덕분에 나는 잘할 필요 없었다. 나는 멀찍이 서서 귀만 대고 아이처럼 손가락으로 건반들을 만져보는 것. 그뿐.

금요일 오후가 되면 모두 각자의 본가로 돌아가서 기숙사가 텅 비었다. 슬리퍼를 신고 걸어가는 내 발 소리가 긴 복도를 울렸다. 몸을 비운 북소리처럼 복도를 메운다. 나는 종강할 때까지 집에 가고 싶은 마음을 견뎌야 해서 복도를 괜히 서성거렸다.

사투리는 잊는 것이 아니라
잃어버리는 것

사투리를 쓸 일이 없다. 일부러 사투리를 쓰지 않으려고 한 적은 없다. 그저 쓸모가 없어진 것이다. 대학 입학 후부터 각자의 고향 사투리를 몸에 장착한 사람들과 섞여 지냈다. 하지만 나의 고향과 사투리는 외국에서 온 이방인처럼 그들에게 각별한 호기심을 불러일으키는 것이었다. 프랑스 하면 '봉주르' 일본을 떠올리면 '곤니치와' 하는 것처럼 그들은 영화나 드라마에서 본 어설픈 섬 사투리를 따라 했다. 그리고 현지어로 듣고 확인하고 싶어 했다. 특별하게 생각되는 그 지점이 때론 불편할 때가 있다. 그것 하나로 여러 사람에게 주목받는 것이 난감하고, 그

것이 주목받을 만한 것인가 하는 생각이 들어 그 자리를 피하고 싶을 때가 있다. 그냥 장소일 뿐이고, 그 장소의 특징일 뿐인데 왜 내가 태어난 곳은 그냥 지나치지 못하는 화젯거리가 되는가. 그러면서 그들은 내게 왜 사투리를 쓰지 않느냐고 물어본다. 내가 그곳에서 왔을 거라는 생각을 전혀 하지 못했다고.

지방의 소도시에 있는 대학에 입학한 나는 같은 고향 사람을 만날 일이 거의 없었다. 한 학기에 한두 번 있던 향우회 모임에서 만나던 고향 사람들이 전부였다. 자연스럽게 사투리는 목구멍 깊숙이 들어가서 좀체 나올 생각을 하지 않았다. 오고 가는 것이 있어야 대화가 완성된다. 나 혼자 이야기하는 기분에 빠질 필요 없지 않은가.

섬에서 올라온 엄마가 택시 기사에게 사투리로 목적지를 말하고, 마트에서 사투리로 채솟값을 묻는다. 엄마는 이곳이 잠깐 왔다 가는 곳이므로 사투리를 잊을 필요가 없다. 나는 사투리를 쓰고 있다는 인식조차 못 하는 엄마와, 알아듣지 못하지만 대충 알아들은 척하는 그들 가운데서 조금 이상한 기분이 들곤 한다. 나조차 이미 이곳 사람이 되어 버린 지 오래라서 엄마의 입에서 나오는 사투리가 낯설다. 그러면서 뭔가 들킨 것만 같다. 발가벗고 있는 나를 누군가 몰래 보고 있는 듯한 심정이 된다.

고향에 가면 내가 어릴 때부터 보고 자란 동네 어른들을 마주칠 때가 있다. 오랜만에 고향에 온 내 얼굴 위로 그들의 입에서 출발한 사투리가 한꺼번에 쏟아진다. 나는 한쪽 귀로 그들의 물음을 들으면서 대답을 하고, 다른 쪽 귀로 잊고 있던 사투리를 발음하는 내 목소리를 느낀다. 사투리를 써야 하는 장소에서 사투리를 듣고 사투리로 대답하는 당연한 일. 마을을 벗어난 적 없는 사람처럼 사투리가 튀어나온다. 흠칫 놀란다. 사투리를 쓰는 나의 억양과 말투를 찬찬히 곱씹는다.

사투리는 어디 숨어 있다가 불쑥 이렇게 내게 날아오는가. 어디로 떨어질지 모르는 낙하산을 탄 사투리가 내 몸 여기저기로 흩어져 다시 숨죽이기 시작했다.

쉿, 모른 척!

/ 2부 /

빛나면서

빛나야 한다

아이의 생각에서
샴푸 냄새가 난다

━━━━━━━━━━━━━━━━━━━━━━━━

일곱 살 아이의 머리를 감기려고 손바닥에 샴푸를 짜서 거품을 낸다. 아이의 작은 머리에 거품을 문지르고 머리카락에 골고루 묻힌다. 샤워기 호스를 머리에 갖다 대자 아이가 소리친다.

"엄마, 내 생각이 젖을 것 같아!"

나는 어떤 대답을 해야 할지 고민하며 샴푸를 헹군다. 아이의 머리칼에서 거품이 빠져나가고 다시 검은색이 빛난다. 아이의 생각은 젖지 않고 온전히 오늘 저녁을 버텼다고, 잠이 오지 않는다고 투정 부리다 잠든 아이의 얼굴에 대고 비로소 대답한다.

건방지고 다정하며
귀중한 오늘

단어 하나를 들으면 그것의 정체가 궁금해지는 아이는 동그란 토끼 눈을 하고 뜻을 물어온다.

'건방지다'의 의미를 설명해주었더니 '건방지다'는 아무 때나 건방지다! 건방진 책상, 건방진 고양이, 건방진 수저, 건방진 냉장고, 건방진 날씨, 건방진 엄마.

'다정하다'의 의미를 알려주었더니 '다정하다'는 어느 때고 다정해서 난리다. 다정한 피아노, 다정한 소파, 다정한 블루베리, 다정한 블록, 다정한 코트, 다정한 언니.

'귀중하다'의 의미를 속삭였고 그리하여 '귀중하다'는 뜬금없이 귀중해진다. 귀중한 스티커, 귀중한 치즈 머

핀, 귀중한 인형, 귀중한 화분, 귀중한 연필깎이.

단어를 넣고 오물오물 씹는 아이의 입에서 소화되고 남은 아이의 기분이 고스란히 만져진다. 아이는 웃고 짜증내고 떠들고 토라진다. 그러려고 아이가 된 거다.

오늘은 어떤 색깔을 간직한 저녁이 내가 쓴 단어를 물들일까!

다름 왕국

큰아이가 내 몸 안에서 출렁거리고 있을 때 남편과 나는 사랑을 뜻하는 '다솜'이라 부르고 보듬었고, 작은 아이는 제주도의 기생화산인 '오름'이라 짓고 매만졌다. 아이들이 말귀를 알아들을 때쯤 말해주었더니 아이들은 '다솜'의 '다'와 '오름'의 '름'을 섞어서 '다름'이라는 새로운 이름을 만들었다.

아이들은 옷장에서 잔뜩 옷을 꺼내 옷걸이에 걸어놓고 〈다름 옷가게〉라고 짓는다. 〈다름 미용실〉이라는 종이 간판을 내걸고 손님을 맞이할 준비를 한다. 미용실 옆에는 〈다름 식당〉이 있는데, 메뉴판에는 우동, 스파게티,

꼬마김밥 등의 맛난 이름 아래 '진짜 딸은 무료'라는 말이 크게 적혀 있다.

이제 막 문을 연 〈다름 네일 숍〉은 또 어떠한가. 반짝반짝 빛나는 색깔이 손톱 발톱을 물들일 생각에 두근거린다. 서툰 솜씨로 열 개의 발가락에 오색 빛깔 무지갯빛을 선물하는 아이들.

나는 다름 미용실에서 꼬불꼬불 파마를 하고 다름 식당에 출근을 한다. 결혼기념일이나 생일 같이 특별한 날엔 다름 네일숍에서 모처럼 꾸미고 다름 옷가게에서 새 원피스를 산다. 잠이 유난히 오지 않을 땐 다름 인형 곁에 잠든 두 딸의 얼굴을 찬찬히 들여다본다. 딸들은 잠속에 빠져 있는데, 난 딸들이 만들어 놓은 다름 왕국에서 쉬이 빠져나오지 못한다.

오늘도 일찍 잠들긴 글렀다.

구닥다리 엄마

아이들이 저녁마다 즐겨 보는 애니메이션에서 '구닥다리'라는 대사가 나오자, 여덟 살 작은 딸이 묻는다. '구닥다리'의 뜻을 애니메이션 장면에 빗대어 말해주니 그다음 날부터 아이는 내게 '구닥다리 엄마'라는 별명을 선물한다. 새로운 단어를 알게 되면 상황과 뜻에 상관없이 입에 갖다 붙인다는 것을 깜빡했다. 낯선 말을 몸에 익히는 아이만의 방식인 것이다. 아차, 싫었지만 늦었다. 이미 나는 '구닥다리 엄마'가 된 뒤였다.

밥을 먹고 나서 바로 인형 놀이에 돌입하려는 아이. 칫솔로 구석구석 이를 닦고 놀 것을 종용하는 내게, 아이는 말한다.

　　"아휴, 구닥다리 엄마!"

　　물건을 다 쓴 뒤 제자리에 정리하라거나 밥을 먹고
난 뒤 설거지통에 그릇을 가져다 놓으라고 하면, 딸은 소
리 높여 외친다.

　　"아휴! 구닥다리 엄마!"

　　학교에서 내준 받아쓰기 숙제를 하고 놀자고 슬슬
달래면 아이의 작은 입에선 어김없이 튀어 나온다.

　　"정말 구닥다리 엄마라니까!"

　　나는 잠자코 있는다. 휘황찬란하게 머릿속에서 단
어를 굴리는 아이를 당할 재간이 없다. 가끔은 뜻에 들어
맞을 때도 있다. 내가 "이 옷에는 이 신발이 어울릴 것 같
아. 양말은 이게 낫고, 머리띠는 이것이 훨씬 잘 어울릴 거
야." 하면, 아이는 "아휴, 엄만 정말 구닥다리야! 내 마음
대로 할 거야!" 한다. 아이는 자신이 고른 양말을 신고 머
리띠를 하고, 신발을 신고 학교에 간다.

　　몇 시간 후, 교문 앞에서 기다리는 나를 향해 아이
가 걸어온다. 아이가 고른 양말과 신발, 머리띠가 그럴싸하
다. 어울리지 않을 거라고 생각했던 것은 나의 사고방식이

이미 익숙해져 버린 조합에서 벗어나지 못한 탓이다. 정말 '구닥다리 엄마'인지도 모르겠다.

나는 '구닥다리 엄마'이기 전에 '구닥다리 대학생이고 아가씨'이기도 했다. 한참 유행했던 미니홈피를 나는 만들지 않았다. 내가 정말 아끼는 것들은 내밀한 채로 남겨 두려고 하는 조금은 폐쇄적인 성격 탓이다. 자취를 오래 했지만 자취방에 초대해본 친구는 손에 꼽을 정도다.

신혼 때부터 십 년을 살았던 아파트는 구멍에 열쇠를 넣어 돌리고 들어가야 했다. 밖으로 나올 땐 다시 구멍에 열쇠를 넣어 잠그고 가방에 넣는다. 열쇠가 없으면 집으로 들어가지 못하기 때문에 열쇠가 가방 속에 잘 있는지 신경 써야 했다. 시간이 흐르면서 한 집 두 집 도어락으로 바꿔갔다. 결국 우리가 살았던 복도식 아파트의 14층에서 우리 집만 열쇠 구멍을 여전히 갖고 있는 집이 되었다. 남편은 "우리도 바꿀까?" 했고, 나는 "시인인데 열쇠로 열고 들어가야 하지 않아?" 했다.

시인이라고 오래되고 향수에 젖은 물건만 좋아하는 것은 아니다. 시인이라고 얼리어답터가 되지 말란 법은 없다. 다만, 지극히 개인적으로 나란 사람은 그렇다는 말이다. 물론 시를 써서 열쇠를 고집했던 것은 아니다. 그저 새로운 것으로 바꿀 필요를 느끼지 못했고 괜한 돈을 쓰기 싫었으며, 현재의 생활이 불편하지 않아서다. 남편은 열쇠와 시 사이의 상관관계가 있을 리 없고, 인과관계가 전혀 형성되지 않는 내 대답에 순박하게 고개를 끄덕인다. "그래, 우리는 열쇠를 쓰자." 시 쓰는 남편답다. 어떤 말이든 내 의견을 존중하는 내 남편답다.

내가 필요 없다고, 지금의 생활이 불편하지 않다고 아무리 떠들어도 세상은 편리하고 간단한 방식으로 변해가고 있으며 앞으로도 그럴 것이다. 나 역시 세상에 속한 나약한 인간일 뿐이므로, 조금 늦더라도 대세를 따라야 한다. 결국엔 기계와 새로운 형식에 익숙해져야 한다. 삐삐가 그립고 휴대용 시디플레이어를 갖고 다니며 음악을 들었던 시대가 그립다고 하더라도, 다수가 원하는 방식의 대량 생산의 시대로 나 또한 갈 수밖에 없는 것이다. 나 역시 스마트폰으로 날씨와 미세먼지 농도를 검색하고, 다른 집의 인테리어를 실컷 구경하며 오늘은 얼마나 걸었는지 체크한다. 4년 전에 이사 온 아파트는 처음부터 열쇠 구멍이 없는 신식 아파트여서 비밀번호를 누르고 들어온다.

편리한 것은 역시 좋다. 다만 편리한 것과 익숙한 방식 사이를 적절히 활용하고 싶은 것이다. 어떻게 보면 나는 고집이 세다. 내가 절실히 원하지 않으면 현재의 생활방식을 쉽게 바꾸지 않으니 말이다.

새롭게 만난 사람들에게 깊은 정을 주지 못한 탓에 오랜 친구들이 그립고, 오랜 친구들이 곁에 없어서 나는 외롭다. 맑고 높은 가을의 구름을 보면 같이 시를 썼던 대학 후배가 다른 도시의 하늘을 보며 잘살고 있는지, 잠이 오지 않는 새벽에는 한 번도 가보지 못한 먼 도시에서 혼자 돈을 벌고 있을 고향 친구가 떠오른다.

하늘을 보니 네가 생각나. 잘 지내지?

일하고 돌아온 네가 혼자 고단한 잠을 자고 있을 것 같아 걱정돼. 널 떠올리면 늘 내가 외로워져. 어른이 된다는 것은 가장 익숙한 것을 떠나보내는 일 같아. 내가 시를 쓰겠다고 육지로 간다고 했을 때 너는 네가 일하던 꽃집에 딸린 작은 방에서 울었었지. 난 시인이 되고 싶어 두려움도 잊었었는데 넌 그때 이미 외로움에 충만했었나 봐. 네가 일하던 치킨집, 꽃집, 마트, 골프 장……. 내가 모르는 그 밖의 너의 일들. 네가 밥을 먹고 돈을 벌기 위해 일했던 그 많은 장소와 지역들. 만나지 못한 시간 동안 키워왔을 너의 고독. 나의 고독. 우리가 만나서 이야기를 나누는 순간, 뻥 하고 사라져버릴 것들.

긴 문자를 보내고 싶지만 참는다. 견딘다. 후배에게 안부를 묻는 대신 하늘의 구름을 한 번 더 올려다본다. 친구의 목소리가 듣고 싶지만 전화하지 않는다. 익숙한 지금의 외로움이 한꺼번에 무너져 후배에게 후회할 말들을 해버릴 것 같고, 친구의 말은 들어주지 못하고 내 말만 쏟아버릴 것 같아 마음에 문자한다. 1년에 한 번 친구의 생일날 축하한다고 보낸다. 실은 축하한다는 말보다 하고 싶은 말이 많지만 나는 구닥다리이고 서툴고 촌스러워서 세련되게 내 마음을 표현하지 못한다.

가구는 변덕쟁이

보통 불 꺼진 방에 누워 잠들기 전 머릿속으로 구상한다. 옮기고 싶은 가구를 옮기고 싶은 장소에 데려다 놓고 원래 있던 가구가 갈 만한 다른 곳을 생각한다. 가구의 크기와 가구에 딸린 물건들의 양을 가늠하고 옮기는 것이 지금보다 나쁘지 않은지, 가능한 일인지 고민한다. 결정하면 그때부터 두근거린다. 빨리 해가 떠서 이 모든 일을 실행에 옮길 수 있기를.

식탁, 소파, 책장, 책상, 피아노……. 밤에 머릿속으로 구상해 놓은 것을 다시 종이에 그려본다. 줄자로 길이를 재서 실현 가능성 유무를 따지고 2~3가지의 가구 배치도를 다르게 그려본다. 마지막으로 한 가지를 선택한다.

　　가구를 옮기고 그에 딸린 소품과 물건들을 정리하고 재배치하는 일은 난이도에 따라 한두 시간이 소요되기도 하고 반나절이 걸리기도 있다. 물건들을 속속들이 들여다보며 그동안 버리지 못했던 것들을 과감히 버리고 구석에서 먼지 옷을 두툼하게 입은 물건의 얼굴을 닦는다. 잊고 있었던 옛 물건들의 기억에서 잠시 멈칫거리기도 하고 행방을 몰랐던 물건을 다시 만나 호들갑을 떠는 것도 다반사.

　　가구의 위치가 변했으므로 물건의 위치가 바뀌고, 가구와 물건의 위치가 변했으므로 공간이 재탄생된다. 책장으로 막혔던 곳이 앉을 수 있는 곳으로, 매일 앉던 곳이 좁은 통로가 된다. 공간과 구석이 새로 생긴다. 아이들은 아이들대로 새롭게 바뀐 장소에 금방 적응하고 재미를 붙인다. 새로 생긴 공간에 인형 집과 인형들을 옮기고 새로 생긴 구석에서 책을 읽는다.

　　조금의 힘과 마음을 생각에 보탰을 뿐인데 조금 집이 넓어진 것 같고 조금 집이 깨끗해진 것 같아 많이 뿌듯하고 많이 즐겁다. 같은 재료를 다른 요리법으로 요리한 음식처럼 집이 전혀 다른 구성을 지니게 된다. 이 모든 일을 해내는 동안 생각이 그쪽으로만 집중되는 것이 좋고 널브러진 물건들을 정리해서 완결 지었을 때 뒤따르는 성취감이 나를 춤추게 한다.

아이는 아빠에게 인터뷰한다.

"가구 옮기는 일을 취미로 가진 아내와 사는 기분이 어떤가요?"

살았던 곳의 시차

지금 사는 도시에서의 삶을 그 집에서부터 시작했다. 그 집에 살 때 잠깐 일을 했고 결혼을 했다. 두 아이를 낳았다. 신춘문예 당선 소식을 들은 것도, 남편이 박사학위를 받은 것도 그곳에서였다. 아이들이 산후조리원에서 나와 처음 가본 생애 최초의 집도 그곳이었다.

4년 전에 우리는 다른 동네로 이사 왔다. 같은 지역이므로 못 갈 만큼 멀지도 않은데, 근처에 볼일이 있지 않으면 특별히 갈 일이 없다. 이따금 주말에 갈 곳이 특별히 생각나지 않고, 집으로 돌아가기 아쉬워하는 아이들의 목소리를 마주할 때 우리는 그곳으로 간다.

십 년을 산 동네여서 새로 생긴 가게와 여전히 자리를 지키고 있는 가게가 눈에 바로 들어온다. 아직 있는 가게는 아직 있어서 반갑고 새로 생긴 가게는 새로 생겨서 반갑다. 킥보드를 타고 저수지 한 바퀴를 돌고, 유아차를 끌고 자주 산책 했던 공원에도 간다. 공원 옆에는 큰아이가 다녔던 유치원이 있다. 아이는 유치원 운동장이 생각보다 작다고 놀라워한다. 아이의 시선은 동네를 벗어난 만큼 자라 있다. 아이가 다녔던 피아노 학원도 잘 있는지 슬쩍 보고 온다. 계속 살았다면 다닐 뻔한 초등학교 앞 문구점에도 간다. 큰아이가 유치원에 다닐 때 자주 갔던 문구점이 변함없이 그 곳에 있어서 아이들은 즐겁다. 우리는 이 동네에 계속 살았던 것처럼 문구점에서 무언가를 사고 나온다.

출출해지면 단골 보쌈집에 포장 주문 전화를 건다. 가게 청년은 우리가 이사 한 후에도 들르는 가게라는 자부심에 몸을 들썩거린다. 나는 체인점이지만 이사 한 동네에 있는 가게 보쌈의 양과 김치 양념이 만족스럽지 않아 늘 이곳만 한 곳이 없다는 생각을 지울 수 없다. 청년은 포장된 보쌈을 내밀며 연신 싱글벙글 웃는다. 이곳 보쌈김치를 특히 좋아하는 큰딸과 나는 집에 가서 먹을 생각에 행복하다.

　　마지막으로 우리가 십 년을 살았던 아파트 창문의 안부를 확인한다. 아이들이 지금보다 작은 아이였을 때 살았던 작은 집. 아이들은 살았던 곳이라 반가워 창문을 바라보지만, 나는 그곳에서 유난히 고통스러웠던 순간이 생각나 몇 번째 창문이 우리 집이었는지 부러 잊어버렸다.

천변에 간다

여름은 걷기 좋은 저녁을 선사한다. 땡볕으로 지친 오후를 버텨낸 선물 같은 시간. 아직 환한 저녁이 내 곁에 바짝 다가와 있다. 걷지 않을 수 없다.

이 동네로 이사 와서 가장 좋은 점은 천변이 있다는 것. 대학 시절에 타고 다니다 그동안 잊고 있던 자전거도 새로 구입했다. 남편과 나는 각자의 자전거 뒤에 아이를 태울 수 있는 안장을 설치했다. 남편은 큰아이를 태우고 나는 작은 아이를 태우고 천변을 달린다. 큰 아이가 보조 바퀴를 떼기 시작하면서부턴 큰 아이 혼자 자전거를 탄다. 남편 뒤에 작은 아이, 큰아이가 가운데, 그리고 마지막으로 내가 달린다.

　　우리는 서점에 가서 책을 사 오거나 옆 동네의 단골 식당에 가서 밥을 먹고 온다. 한옥마을 근처에 자전거를 세워 두고 아주 큰 그네를 타기도 하고, 단골 액세서리 가게에서 아이들의 머리끈이며 머리띠 같은 것을 산다. 작아서 가방에 쏙 넣을 수 있는 소소한 기쁨. 아이들에게 자전거 여행은 신나는 놀이다.

　　천변에는 풀 속에 얼굴을 파묻고 소리 내는 풀벌레들이 있고 엄마 오리를 따라다니는 아기 오리 여러 마리가 있다. 물살이 빨라지는 징검다리 곁에서 자리 잡고 서서 물고기를 잡으려고 한참 고심 중인 새도 만날 수 있다. 그리고 풀숲 여기저기 흐드러지게 핀 나팔꽃과 민들레가 있다. 가을에는 핑크 뮬리가 기다린다.

　　여름 저녁에는 걷는 사람들이 많다. 남편은 평일엔 늘 늦기 때문에 저녁밥을 먹고 나면 아이들과 나만 걷는다. 물 한 병을 넣은 가방을 각자 들고 여자 세 명이 걷는다. 나는 한쪽 귀에 이어폰을 꽂는 것을 잊지 않는다. 아이들이 가장 좋아하는 일은 돌 징검다리를 건너는 일. 물살이 꽤 빠를 때는 빠질까 염려가 돼서 나는 작은 아이 뒤에 바짝 다가간다. 내 염려는 염려일 뿐이고, 아직 물에 빠져보지 않은 아이는 두려움을 모른다.

작은 폭포처럼 위에서 아래로 물이 흘러내리는 구간이 있는데, 비가 갠 오후에 우연히 갔다가 우렁차게 물이 내려오는 소리를 들었다. 그리고 처음 알았다. 불어난 물이 우렁차게 흘러내리는 소리가 내 마음을 편안하게 해준다는 사실.

내가 태어나고 자란 마을에는 마을의 중앙을 관통하는 '내창'이 있다. 하천을 우리는 '내창'이라고 불렀다. 물이 고여 있는 곳도 있지만, 평소에는 물이 말라 있어서 여러 모양의 바위와 돌멩이들이 그대로 드러난다. 하지만 폭우가 쏟아질 땐 사람들이 건너는 길을 덮을 만큼 물의 힘은 위력적이다. 천변의 작은 물줄기 소리에서 어린 시절 목격했던 위력적인 물소리가 떠올랐다. 내 신발이었을까. 혹은 동네 아이의 신발이었을까. 신발들이 떠내려가던 잔상이 남아있다. 어느 정도 큰 물살이 지나간 뒤엔 동네 사람들이 앉아 빨래를 하고, 어린 아이들은 바지를 무릎까지 올리고 물살이 닿는 감촉을 느끼려 걸어 다니곤 했다. 아주 어릴 때 일이다.

내 몸이 물살의 기억을 끄집어낼 줄 몰랐다. 나는 아이들과 물이 내려오는 구간에 멈춰서 잠시 물이 아래로 흘러가는 소리를 듣는다. 혼자였더라면 좀 더 깊게 빠져들 뻔한 상념을 아이들의 수다가 잡아끈다.

슬슬 어두워지기 시작하는 저녁의 끝을 붉은색 물감이 칠하기 시작한다. 우리는 붉은색 하늘 곁으로 돋아난 바람의 마음을 듣는다. 집으로 돌아갈 때가 왔다. 우리가 걷는 길 뒤로 밤이 쫓아온다. 천변은 없고 물 냄새가 난다. 천변은 이제 천변의 곁으로 돌아간다.

식물과 함께 하는 낮과 밤

자취하던 시절, 작은 화분 몇 개를 사다가 책상이나 창가 위에 두곤 했다. 앉은뱅이책상과 학교 앞 중고가전제품 가게에서 3만 원에 산 텔레비전과 누런 얼룩이 새하얗던 처음을 잊게 만드는 작은 냉장고, 4단짜리 책꽂이 하나. 단출한 방에 있던 화분은 작고 연약한 기쁨을 주는 사물이었다. 찾아올 사람 없고 먹을 반찬이 늘 부족했던 방. 화장실 바닥에 쪼그리고 앉아 손빨래하던 내 작은 방. 적막감이 무서워서 틀어놓았던 텔레비전.

화분 몇 개가 위안이고 쉼이었다.

그것들을, 그 기분을 참 오래 잊고 지냈다. 두 딸을 키우는 동안 식물 하나 집안에 들여놓을 여유가 없었다. 책과 장난감이 그 자리를 잔뜩 차지해 있었다. 몇 년 전, 결혼해서 십 년을 살았던 작은 신혼집에서 조금 큰 집으로 이사를 했다. 작은아이는 아직 손이 많이 가지만 명민한 큰아이 덕에 다른 생각, 다른 가능성을 훔칠 수 있게 되었다.

　　신혼집은 늘 어두워서 낮에도 형광등을 켜야 했는데, 이사 온 집은 햇살이 아침부터 정오까지 거실과 방을 다 밝히고도 남을 만큼 깊숙하게 들어와 식물 생각이 절로 났다.

　　남편이 박사학위를 받았을 때 친정 엄마의 지인 몇 분이 마음을 모아 섬에서 보내 온 벵갈고무나무. 작은 신혼집에 큰 벵갈고무나무를 둘 데가 없어서 베란다 한쪽에 두었는데, 돌이었던 아이가 걷고 뛰어다니고 말을 배우는 동안 나무도 노란 잎을 떨어뜨리고 새 잎사귀를 몸에서 끊임없이 뱉어내며 참 잘 자라줬다. 이곳으로 올 때 데리고 온 벵갈고무나무를 거실 한쪽에 두고 햇살이 나뭇잎들을 비추다 다시 거둬들이는 시간과 마음을 찬찬히 들여다보곤 한다. 그리고 햇살의 평수만큼 더 많은 식물을 키우고 싶어 아이비, 틸란드시아, 트리안, 동백나무, 스킨답서스, 몬스테라, 유칼립투스 등을 들여놓았다.

분갈이하는 방법에 대해 찾아보고 흙과 마사토, 모종삽을 사서 아이들과 신문지 위에 앉아 화분에 식물을 옮겨 심는다. 아이가 삐뚤빼뚤 쓴 이름표를 꽂는다. 청소를 하고 장난감 정리를 하면서도 겉흙의 상태와 잎의 상태를 들여다본다. 물주는 시기에 대해 고민하고 햇살이 비치는 곳으로 옮겨주기도 한다. 훌쩍 자란 식물은 더 큰 집으로 이사한다. 무엇보다 강 같은 음악이 늘 거실을 감싸고 흐르게 한다. 나도 듣고, 아이들도 듣고, 아마 그들도 그럴 테니까.

처음에 그것들은 짙은 초록이었는데 문득 눈여겨보면 아주 작은 연둣빛의 잎을 봉긋 내밀고 있다. 분명한 건 내가 모르는 시간에 잎은 바깥으로 나온다는 사실이다. 그들이 느끼는 시간과 내가 체감하는 시간의 질감은 분명 다를 것이다. 그 차이 덕분에 나는 그들의 시간을 존중할 수 있다. 아래로 자라는 것들은 아래로 흘러가면서 잎을 키우고, 위로 자라는 것들은 넓이와 공중을 안으며 자유로워진다. 나는 초록의 채도와 밀도를 처음 배운다.

집의 불이 다 꺼지면 식물들도 잠을 잘까? 그들끼리의 수다가 다음 날 작은 잎으로 돋아나는 건 아닐까.

윤미네 집

『윤미네 집』이란 사진집이 있다. '윤미 태어나서 시집가던 날까지'라는 부제가 붙어 있는, 아버지가 남긴 딸의 성장기다. 딸은 자라 시집을 가고, 부부는 젊은 부부에서 늙은 부부가 되는 인생의 여행.

어느 날 뉴스에서 이 사진집을 소개해주었고 나는 내 이름과 같은 그 여자아이의 삶이 궁금해 사진집을 구매했다. 멋진 형용사를 붙이는 대신 그냥 '윤미네 집'이라고 붙인 책 이름이 좋았다.

사진을 찍으면 현상해놓고 앨범에 잘 정리해놓는 편이었는데 아이들이 태어나면서 새삼 어려운 일이 되었다. 필름 카메라에서 디지털카메라로 넘어가는 것까진 괜찮았는데, 이젠 누구나 어디서나 카메라를 들고 있는 시대 아닌가. 아이를 임신해서 배가 불러오는 시간의 시간, 아이가 태어나 뒤집기를 하고 기어 다니고 걷는 순간. 아무것도 없던 입에서 이 하나가 뽀족 돋아난 순간. 분명 매일 곁에 꼼짝 않고 붙어 있지만 내가 잠시 한눈판 사이에 일어나는, 아이가 아이가 되어가는 비밀스러운 찰나.

빨대 컵을 처음 아이의 손에 쥐여 주던 날, 아이는 무엇에 쓰는 물건인지 몰라 거꾸로 돌려보기도 하고 흔들어보기도 했다. 내가 다른 컵에 빨대를 꽂고 물을 마시는 시늉을 몇 번이고 해 보이자 아이는 곧 따라 했다. 기다랗고 투명한 빨대를 꽉 채우며 올라가는 물줄기를 처음 봤을 때의 환호. 아이의 목까지 넘어가던 물의 감흥!

아이의 성장 과정을 지켜보는 일은 어떤 일에 쉽게 비유하지 못할 만큼 경이롭다. 그 순간순간들을 나도 찍고 남편도 찍었다. 아이를 키우는 사람에게 똑같은 하루는 없기 때문에 똑같은 사진은 없다. 한두 달만 지나면 저장 공간이 꽉 찼다는 메시지가 휴대폰에서 울린다. 컴퓨터에 사진을 옮기고 휴대폰에 찍힌 사진들을 삭제한다.

다운받은 사진들은 연도별로 폴더 속에 보관해 놓고 모아 놓은 폴더들은 다시 외장하드에 옮긴다. 갑작스러운 컴퓨터 사고로 사진을 모두 잃을 수 있다는 불안 때문에 수고 롭지만, 이 과정을 철저하게 반복한다.

잘 나온 사진을 선별해서 현상해놓았던 때와는 달리 너무 많은 사진이 컴퓨터와 휴대폰에 꽉 차 있는 지금은 어디서부터 어디까지 현상해야 할지 난감해서 시도조차 못 하고 있다. 아이들이 아주 어릴 땐 새벽에도 일어나 모유 수유를 해야 하고 기저귀를 갈아야 했으므로 늘 피곤했고 시간이 나질 않았다. 아이들이 조금 자란 지금은 모유 수유와 기저귀는 작별했지만, 사진의 양은 조금 과장해서 만리장성을 따라갈 만큼 많아서 정말 엄두가 나질 않는다.

큰아이가 다섯 살 때 사진을 사진집으로 만들어주는 온라인 사이트를 알게 됐다. 내가 고른 사진을 내 마음대로 구성하고 글도 써넣을 수 있다. 표지의 색과 제목, 사진집의 구성과 쪽수까지 모든 것을 내가 정해서 완성하면 사이트에서 사진집을 만들어 보내준다. 그때 나도 큰아이의 이름을 붙여 사진집을 만들었다. 만삭일 때부터 아이가 태어나 첫돌을 맞을 때까지의 기록이다.

책 한 권을 만들어 놓으니 컴퓨터에 폴더별로 보관만 하던 것과는 색다른 친밀감과 애정이 생겼다. 그런데 그다음부터는 둘째 아이의 모유 수유와 기저귀를 핑계로 손 못 댔다. 사진집에 들어갈 수 있는 사진은 한정적이기 때문에 수많은 사진 중에 가장 빛나는 사진을 찾고 판단해야 하는데, 이 과정이 보통의 체력과 시간을 필요로 하는 것이 아니기 때문이다.

다시 『윤미네 집』으로 돌아온다. 내가 그 사진집에 감명 받은 것은 투박하고 소박한 아버지의 감성이다. 어지러운 것을 일부러 치우고, 멋진 옷을 차려입고 좋은 배경을 찾아 찍은 사진이 아니다. 중학교에 입학하던 날 교복 입은 모습, 뒤에서 엄마가 머리 묶어주는 장면, 둥그런 밥상에 앉아 밥을 먹는 풍경 등 그저 평범한 생활의 장면이라 좋다. 뭘 더 붙이고 뭘 빼는 것이 아닌, 있는 그대로의 감정을 들여다보는 아버지의 마음. 사진기가 귀한 시절, 사진을 찍는 아버지가 표현할 수 있는 가장 큰 사랑. 아버지가 찍은 사진 중 가장 인상적인 것은 어른이 된 딸이 애인과 데이트하는 장면을 멀리서 찍은 사진이다. 부모는 아이가 어른이 되었다는 사실을 받아들이기 어렵기 마련인데, 딸아이의 애인까지 품어주는 아버지의 마음이란 어떤 것을 떠올려야 가늠할 수 있을까.

사진 찍는 일이 유난히 어색하고 어려운 나에게 웨딩 촬영은 어쩔 수 없이 해야 하는 숙제 같은 거였는데, 걱정했던 것과는 달리 잘 웃었고 행복하다는 표정을 꾸준히 지을 수 있었다. 사진사의 난감한 요구에도 처음 입어본 드레스와 신부 화장 덕분이었는지 나는 나를 잊고 그럭저럭 하루를 잘 넘길 수 있었다. 결혼식을 결정하는 순간 따라오는 필수 옵션 같은 웨딩 촬영. 다들 그렇게 한다고 해서 의식과 의심 없이 해냈다. 나중에 안 보게 될지라도 없으면 후회하게 된다는 웨딩 앨범.

정말 내게 웨딩 촬영 사진이 없었더라면 길고 지루한 후회를 하고 말았을까. 이미 촬영을 해버린 터라 잘 모르겠다. 하지만 내가 그 선택을 다시 선택할 만큼 잘 차려놓은 어색한 순간이 주는 의미가 크다는 생각이 들지 않았다. 아이가 태어나면 흔히 한다는 50일 기념사진, 100일 사진, 첫 돌 사진을 나는 사진관에서 찍지 않았다. 대신 아이가 뒤집기를 하던 순간, 이유식을 먹다 숟가락을 들고 잠든 얼굴, 첫돌 기념으로 샀던 한복을 입혔더니 불편하고 낯설어서 찡그리며 울던 작은 감정을 나는 사진으로 남겨 두었다. 가스레인지가 배경으로 나오고 물티슈와 기저귀가 널브러져 있는 거실이 적나라하게 드러나며, 이유식을 먹다 흘린 턱받이에 묻은 얼룩이 그대로 보이는 그런 사진들. 엄마라서 찍을 수 있고, 엄마니깐 찍고 싶다는 생각이 드는 사진. 가장 근사한 옷을 입고, 멋진 조명과 배경 밑에서 처음 보는 사진사에게는 보일 수 없는 감정과 표정. 그래서 그 사진들이 지나고 나서 보니 눈물 나게 우습고 웃기면서 눈물이 난다.

사진을 찍고 있던 그 순간의 나는 사진 속에 없지만, 그때 아이를 키우며 내가 겪은 어른 성장통은 고스란히 사각형 밖에 남아 있다. 나도 정말 어른이 되어 가고 있던 것이다.

중고거래하기 좋은 날

본격적으로 중고 물품을 올리기 시작한 것은 아이
가 태어나면서부터였다. 태어난 지 얼마 안 된 몇 개월의
아이가 만지작거렸던 촉감 놀이책, 즐거운 물놀이를 위한
목욕 놀이 장난감, 원목으로 만들어진 기차와 버스 같은
탈것들. 팔 수 있는 것들은 무궁무진했다. 쓸 만한 것들은
섬에 있는 조카들에게 보내주곤 하지만, 조카들에게 있을
법한 것이나 조카들이 좋아하지 않을 만한 것들은 중고
카페에 올렸다.

중고 물품을 거래한다는 것은 새 제품을 사기엔 조
금 머뭇거려지거나, 잠깐의 효용성만을 필요로 하는 것,

그리고 저렴한 가격으로 큰 행복을 사고픈 사람들의 마음이 숨어있다. 이런 조건에 딱 들어맞는 것이 육아용품이다. 아이들은 성장하고, 성장하는 동안 순서에 맞는 장난감과 용품을 필요로 한다. 아기를 안아주는 아기 띠, 앉아 있는 것이 가장 큰 일이던 시절의 딸랑이, 막 걷기 시작했을 때의 무릎보호대와 막 뛰기 시작하는 아이가 쉬기 좋은 그늘막이 튼튼한 유아차.

아이의 흔적이 잔뜩 묻은 것들은 당연히 팔기 힘들므로, 깨끗하게 사용한 물건이나 손이 덜 탄 물건들을 주로 판다. 정면 사진과 물건의 뒷모습, 확대 사진과 전체적인 느낌의 사진을 찍고 적절한 말들과 정직한 말들을 골라 쓴다. 중고 거래가 적절한 말과 정직한 말이 필요한 것은, 중고임에도 새것 같은 세련됨과 말끔함을 원하는 엄마의 마음을 서로 잘 알고 있고, 누군가의 소중한 아이가 쓸 물건이기 때문에 기분 상하는 일이 없어야 하기 때문이다. 내 아이가 쓰던 물건이 누군가에게 전해졌을 때 아름다운 시절의 한때를 장식하길 원하기 때문이다.

빨리 자라는 아이의 특성상 육아용품은 사진과 글을 올리는 동시에 바로 팔려나가는 일이 대부분이지만, 아이 낳기 전에 입었던 나의 옷들이나 신발, 가방 같은 물건은 쉽게 팔리지 않는다. 마음에 든다고 연락이 오지만 거래 성사까지 가는 일이 많지 않다. 옷의 사이즈를 가늠하기 어렵고 화면에서 보이는 옷이 나에게 어울릴까, 정말 깨끗할까 하는 의구심이 생기게 마련이다. 간혹 중고 물품을 올려놓고 엉뚱한 물건을 보내는 사기범이 실제로 존재하기도 하므로, 중고거래를 직거래가 아닌 온라인으로 거래하는 일은 의심이 당연히 따라야 할지도 모르겠다. 그러므로 나는 문의가 오면 정성껏 대답해주려 노력한다. 자신의 신체 사이즈를 공개하며 "맞을까요?"하고 물어보는 여자에게는 내 신체 사이즈를 공개하고 입었을 때의 옷이 몸에 붙는 정도와 신축성에 대해 대답해준다. "조금 더 할인해 주시면 안 될까요?"라고 애교를 부리는 여자에게는, 시장에서도 가격을 깎아본 적 없는 애교 없는 내 성격을 떠올리며 몇 천 원이라도 깎아 주려 한다. 택배 상자에 물건을 넣고 테이프를 붙이기 전에 루이보스 티백이나 커피믹스, 과자나 초콜릿을 넣기도 한다. 그들이 얼굴 모르는 사람과 낯선 문자를 주고받고 거래를 했다는 사실을 잊고 아주 잠시 먼 친구로부터 선물을 받았다고 착각하길.

아이를 안고 다녀야 했으므로 팔의 움직임이 자유로운 신축성이 좋고 헐렁한 프리 사이즈의 티셔츠를 주로 입었다. 아가씨 때도 하이힐은 신지 않았었지만 내가 신어봤던 가장 높은 5센티의 구두도 신지 않게 된 지 오래됐다. 기저귀와 물티슈, 자주 허기지고 변화무쌍한 감정을 가진 아이의 마음을 사로잡을 바나나나 작은 봉지에 들어 있는 과자, 기차 안이나 식당 같이 남에게 피해를 주면 안 되는 장소에서 아이들이 몰입하고 그림을 그릴 작은 수첩과 색연필. 그것들을 챙기고 다녀야 했으므로 나의 가방은 크고 가벼워야 했다. 에코백이나 가벼운 소재로 된 백팩 같은 것을 주로 사용했다. 아이들을 키우며 조금씩 달라진 물건에 대한 나의 취향은 이제 다른 방향으로 쉽게 흐르지 못한다.

아이들의 물건이 늘어갈수록 수납공간은 부족하고, 안 쓰는 물건들은 어떻게든 처리해야 했다. 안 쓰는 컵과 그릇은 섬에 있는 엄마에게, 작아진 아이들의 옷과 신발은 조카에게, 멀쩡하지만 전혀 안 써질 것 같은 물건은 아름다운 가게에 기부한다.

아이가 거실 한 쪽에서 타고 놀았던 기린 미끄럼틀,

앞으로 뒤로 엉덩이를 힘껏 움직이며 탔던 파란 말, 두 팔에 쏙 들어왔던 작고 연약했던 아이가 누워 있었던 범퍼 침대 같은 덩치가 큰 물건들은 직거래한다. 같은 지역 사람들만 보는 중고 카페에 사진과 글을 올리고 아파트 주소를 알려주면 기꺼이 그들이 온다. 물론 물건에 비해 아주 저렴한 가격을 제시해야 하고, 물건 또한 생각 이상으로 좋아야 한다. 거래를 위해 문자를 주고받으면서 어떤 이유인지는 모르겠으나, 당연히 여자라고 생각해버린 내 앞에 뜻밖에 남자가 나타나기도 한다. 어떤 분은 적은 돈이지만 하얀 봉투에 단정히 넣어서 내게 건네기도 하고, 저렴한 가격에 물건을 사고 가는 기쁨을 몇 번이고 고맙다는 인사로 전하는 분도 만나게 된다. 그런 인사를 받게 되면 물건을 내놓기 전에 열심히 닦고 닦았던 내 마음이 환해진다. 안 쓰는 바이올린을 팔일이 있었는데, 그때 아파트 앞에 왔던 아이 엄마는 참 인상이 좋아, '친구 하면 어떨까?' 하는 생각을 혼자 하기도 했다. 옆 동네에서 자전거를 사러 온 대학생은 안 쓰는 화장품 샘플을 줬더니 환하게 잇몸을 보이며 웃었다.

　나 또한 중고로 책을 사기도 한다. 세상에는 다양한

취향과 관심사를 가진 아이들이 있으므로, 새 전집을 읽지 않은 아이들은 많다. 나는 그런 책을 내 아이들에게 읽힌다. 나를 위한 전집도 그렇게 사곤 한다. 새 책을 주로 사지만, 중고 책 또한 새 책 못지않은 쓸모가 있다는 것을 아이들에게 알려주고 싶다.

중고거래를 하는 것은 얼굴 모르는 사람과 오직 '그 물건' 하나에 대해 나누는 비밀 담화 같다. 얼굴 모르는 사람이 본 적 없는 물건에 대해 내게 묻고, 나는 얼굴 모르는 사람에게 본 적 있는 물건에 대해 설명한다. 우리는 아주 짧은 시간 대화를 나누고 계좌번호에 대해 말하면 될 뿐인, 아주 사무적인 관계일지 모른다. 그러나 내가 쓴 물건을 이어받아 쓰게 될 그 사람은 그 물건 만큼은 같은 취향을 공유했다는 것이 확실하고, 비슷한 생각과 계획을 가지고 있다는 사소하지만 놀라운 발견에 이르게 된다.

연락할 핑곗거리를 찾지 못한 어린 시절의 동네 친구, 연락하고 싶지만 각자의 삶을 존중하며 살아가면서 변해버렸을 마음의 결을 감당할 자신이 없는 첫사랑 같은 친구, 그립지만 오랫동안 놓쳐버린 시간이 미안해서 차마 연락하지 못하는 연인 같은 친구. 친구들에게 연락을 못하며 지내는 세월 동안 나는 물건을 사이에 두고 부지런히 그들과 문자를 나누고 인사를 나누었다.

크리스마스! 크리스마스!

크리스마스가 다가온다. 크리스마스가 다가오면 나는 산타의 입을 빌려 아이들에게 갖고 싶은 것을 물어본다. 아이들은 냉큼 말한다. 아이들은 오래 고민하지 않는다. 나는 멀리 있는 산타클로스 할아버지 대신 온라인 쇼핑몰에서 주문한다. 이틀 후, 택배가 도착했다는 문자가 온다. 나는 아이들이 다른 일에 몰두했을 때 얼른 세탁기 안으로 선물을 숨긴다. 아이들은 불쑥 무언가를 찾으러 어디로든 갈 태세로 두 손 두 발을 휘젓고 다니므로 집 안 어디든 안심할 수 없다. 오직 나만 열고 닫을 수 있는 세탁기 안이 가장 안전한 장소인 것이다. 그리고 아이들이 잠들길 초조한 마음으로 기다린다. 아이들이 잠들면 얼른 선물을 꺼내고 와서 방문을 잠그고 포장을 한다. 그리고 다시 붙박이장 가장 높은 곳, 이불과 이불 사이에 꾹꾹 집 어넣는다. 와! 선물을 숨기는 것은 꽤나 머리를 써야 하는 일이다.

아이들이 원한 선물이지만 크리스마스 되기 며칠 전에 택배 아저씨가 건네준 선물을 무심하게 뜯어버리게 하긴 싫다. 산타클로스 할아버지가 모든 집에 갈 수 없기 때문에 선물을 준비할 누군가가 있다는 사실을 설령 알 아버릴 나이라 하더라도, 나는 김빠지는 선물 증정식은 피 하고 싶다. 아이가 아직 산타클로스 할아버지를 믿고 있 는지, 이미 세상에 그런 존재는 없다는 사실을 일찌감치 알아버렸지만 엄마와 아빠에게 아직도 믿고 있다는 인상 을 심어주려 노력하고 있는 것인지 나는 모른다. 물어보지 않았다. 그리고 아이도 이러쿵저러쿵 말하지 않았다. 우리 에게 필요한 것은 산타할아버지의 존재가 아니라, 산타할 아버지가 어딘가 있을 거라고 믿는 마음이다. 할아버지의 존재 여부를 들추는 대신 사랑한다고 한 번 더 껴안아 주 면 되는 것이다. 그런 마음들이 조금씩 쌓여 다른 계절의 어느 누군가에게까지 위안이 되고 위로가 될 것이다.

　　몇 년 전부터 나는 아이들이 말한 큼지막한 선물 말고, 작고 소소한 선물들을 준비하기 시작했다. 어느 크리스마스 전날, 아이들이 잠든 밤에 가만히 생각하니 아침에 깼을 때 생각한 선물만 있다는 사실이 아이들에겐 안심이 되면서도 무언가 허전한 마음이 들 것 같다는 생각이 들었다. 그래서 급히 24시간 하는 슈퍼마켓에 가서 작은 플라스틱 인형이 랜덤으로 들어 있는 초콜릿을 샀다. 급히 준비한 선물이었지만 크리스마스 아침에 포장을 뜯는 아이들의 손길은 왁자지껄 흥겨웠다.

　　그래서 그 후부터 나는 작고 소소한 물건들을 몇 가지 더 준비하고 있다. 문구용품이나 작은 피규어 인형, 만들기 용품 등 몇 천원쯤 되는 물건을 여러 개 주문한다. 아이들의 성향을 생각해서 같은 것으로 몇 개, 다른 것으로 몇 개 주문한다. 그리고 택배 아저씨가 오면 세탁기에 넣었다가 아이들이 잠들면 포장을 한다. 그리고 붙박이장 위로 올라갔던 선물은 크리스마스 날 아침에 돌연 자취를 감춘다.

아이들이 몇 달 전부터 크리스마스 선물로 받고 싶다고 여러 번 이야기했던 큼지막한 선물은 거실에 있다. 그리고 선물 옆에 비밀 쪽지가 비밀스럽게 남겨져 있다. 비밀 쪽지에는 작고 소소한 선물들이 있는 비밀 장소들이 적혀 있다. 물론 '비밀'이라는 단어는 절대 호락호락하지 않다. 장소들을 알기 위해서는 잠자는 숲속의 공주를 구하러 가기 위해 가시덤불을 지나가야 하는 왕자의 심정처럼, 고난과 역경이 뒤따라야 한다.

- 토요일마다 문화센터에 갈 때 들고 가는 것은?
- 밤마다 침대에 같이 눕는 것은?
- 빗방울 전주곡을 작곡한 사람은?
- 보너스! 아빠의 뺨에 뽀뽀하세요.

예를 들면 이런 식의 문제들을 내는 것이다. 아이들은 발레 가방 속에서, 인형 서랍에서, 피아노 의자 안에서 선물을 찾아낸다. 그리고 나는 전날, 미리 선물 하나를 아빠에게 건넨다. 선물을 주는 기쁨이 아빠로부터 아이들에게 전해지도록.

아이들은 문제를 푸는 동안 즐겁고, 문제를 못 맞히는 동안 싱크대 문을 열고 이불 속을 뒤지면서 선물을 찾고 싶어 호들갑을 떨면서 신난다. 그리고 선물을 찾았을 때 정말 기뻐한다. 자신들이 말한 선물은 잊고 생각하지도 못한 선물을 뜯느라 작은 두 손이 바쁘다. 필통, 스팽글 수첩, 열쇠고리 등 집에 넘쳐서 소중한 줄 몰랐던 것들이 약간의 수고와 위트를 겸비하면 소박한 행복이 되어 돌아온다.

아이들은 며칠 전부터 허공에 대고 중얼거린다. "이번에도 비밀 선물이 있을까?" 허공 옆에 엄마가 앉아 있다는 걸 뻔히 알고 중얼거리는 것이다. 나는 모르는 척 대답한다. "글쎄……." 나는 슬며시 웃는다. 올해도 얼른 숨은 선물 찾기를 위한 문제를 내야겠다. 요리조리 생각을 굴려봐야겠다.

눈이 오지 않는 겨울이지만, 눈이 오지 않고 캐럴이 거리에서 울려 퍼지지 않는 크리스마스지만, 아이들의 크리스마스는 알록달록 빛나야 한다. 빛나면서 빛나야 한다.

봄에게 닿다

대학 1학년 때 들어간 동아리에서 만난 선배는 내가 시를 쓰고 싶어 한다는 사실에 큰 관심을 보였다. 진중한 성격의 그 선배와 나는 소설책이나 시집, 작가들에 관한 이야기를 자주 나눴다. 본격적으로 글을 쓰는 사람은 아니었던 것 같지만 그런 꿈을 나지막이 품고 있는 사람처럼 보였다.

어느 날, 선배가 동아리 사람들 몇 명에게 자신의 고향에 같이 가자고 했다. 정확히 말하자면 그곳에서부터 시작되는 걷기 여행을 함께 하자고 했다. 나는 어느 토요일 오전에 시외버스터미널에서 선배를 포함한 동아리 사

람 몇 명과 선배의 고향으로 가는 버스를 탔다. 처음 가보
는 곳이었다. 섬에서 나온 지 얼마 되지 않은 나는 그즈음
갔던 모든 곳은 다 처음 가보는 곳이었다.

터미널에서부터 방향도 목적지도 없이 무작정 걷기
시작했다. 선배의 고향은 다시 그곳에서 배를 타고 가야
했기 때문에 정확히 말하자면 선배에게도 익숙한 곳은 아
니었다. 우리는 작은 읍내를 나와 자동차와 건물이 없는
곳으로 걸어가고 있었다. 가다 보니 그런 곳으로 빠졌던
것인지, 처음부터 그런 곳을 원했던 것인지 잘 기억나지
않지만 돌아보니 어느새 늦은 오후였고 옆에는 지나가는
차도 뜸한, 아득하게 산과 물이 우거진 곳을 걷고 있었다.

우리는 근처 작은 절을 지나가게 되었다. 지나칠 수
없어서 절에 들어갔다. 절 마당을 둘러보고 절 뒤편에 있
는 절벽에도 올라갔다. 가파르게 나 있는 그 작은 절벽을
오를 때는 조금 두렵기도 했으나 꼭 오르고 말아야겠다
는 의지가 강하게 일었다. 절벽에 올라서서 산 능선을 눈
에 담았다. 부모의 품을 떠난 내가 처음 마주한 큰 풍경이
었다.

절에서 내려와 저녁이 될 때까지 걸었다. 그리고 어느 작은 마을로 갔고 우리는 정말 돈이 없었다. 돈이 필요하지 않았다. 어느 빌라 복도에서 쭈그리고 앉아 아침이 되기를 기다렸다. 지금이라면 상상하지도 못할 불편함을 그땐 즐거운 낭만이라 여겼다. 아침에 다시 걷고 걸어 터미널로 돌아갔다. 참 오래 걸어서 나는 나의 방에 도착할 수 있었다.

어떤 것들은 뒤늦게 도착한 편지 같다. 열지 못한 편지 안에 아직 스무 살의 봄이 있다.

엄마의 택배

대학을 입학하면서부터 나의 택배 인생은 시작되었
다.

기숙사 입소 전날, 미리 도착한 나의 상자. 상자 속
엔 내가 덮을 이불과 내가 입을 옷들, 그리고 내가 읽을 책
과 내가 신을 신발이 들어 있다. 상자 하나여도 충분한 인
생이었다. 한 학기가 지나고 종강하면 기숙사도 퇴소해야
했다. 다시 고스란히 상자에 들어간 물건들은 섬으로 간
다. 분실의 위험이 있는 데다 많은 기숙사생의 짐을 보관
할만할 여력이 없는 기숙사에서는 그것이 원칙이었다. 퇴
소하는 날이 되면 큰 택배 트럭이 기숙사 앞에 택배를 받

기 위해 대기한다. 학교생활에 적응될수록 짐은 늘어난다. 상자 하나로 시작됐던 스무 살의 인생은 두 상자, 세 상자로 불어난다.

배정받은 기숙사 방으로 들어가서야 룸메이트를 확인할 수 있다. 좋든 싫든, 한 학기 동안은 같은 방을 써야 한다. 가림막이 있는 것도 아니고, 각자의 자는 패턴과 데리고 오는 친구들의 양상이 같을 수 없으며, 수다의 농도가 다르고 취향과 관심사가 당연히 다른, 모르는 사람과 매번 새로운 일과 새로운 사실을 겪어가며 한 공간에서 지내야 한다는 것은 생각보다 큰 스트레스였다. 무엇보다 누군가가 옆에 있다는 사실은 글을 쓰는 일을 불가능하게 했다. 시를 쓰고 싶어 입학했지만, 책상에 앉으면 등에 붙어 있는 시선이 낯간지러웠다. 룸메이트는 스탠드 불을 켜고 다른 방 친구와 수다를 떨기도 했는데, 나는 당연히 잠들 수 없어서 깊이 잠든 척해야 했다. 왜 수다는 새벽에 절정을 이루는 것일까. 룸메이트가 본가로 가는 금요일 오후가 되어서야 나는 긴 호흡을 내쉴 수 있었다.

시를 쓰기 위해 자취를 시작했다. 결혼하기 전까지 다섯 군데의 방을 옮겨 다녔다. 쌀을 씻어 밥솥에 안치는 방법도 모르고 시작한 자취 생활. 냉장고는 늘 텅 비어 있었다. 학교 앞 중고가게에 가서 산 작은 텔레비전과 작은 냉장고, 작은 책상이 내 방의 첫 손님이었다.

엄마는 한 달에 한 번 김치를 보내주셨다. 무엇보다 내가 좋아하는 것은 엄마의 파김치. 나는 엄마의 파김치만 있으면 참 맛나게 밥을 먹었었다. 엄마의 김치는 특별한 걸 넣지 않아도 맛있다. 특별한 것이 없어도 내 입맛을 사로잡을 수 있는 것은 내가 그녀의 딸이기 때문일 거다.

엄마는 김치 옆 남은 공간에 늘 두루마기 휴지 하나, 치약 하나, 주방 세제 하나라도 꽉꽉 채워서 택배를 보내주셨다. 바다를 건너 내가 있는 곳으로 오기까지의 긴 여정을 대비해 상자 위아래와 옆을 테이프로 몇 번이고 붙이고 보내 주셨다. 엄마의 택배는 내가 결혼해서 큰아이가 아기였을 때까지 계속되었다. 내가 전화를 걸면 엄마는 김치의 안부부터 묻곤 했다. 우리 집 냉장고에 김치가 얼마나 남았는지, 너무 많이 익지는 않았는지 물어왔다. 김치로 시작해서 김치로 끝나는 안부.

언젠가부터 엄마의 택배는 중단되었다. 관절이 안 좋은 엄마에게 김치 부탁을 하고 싶지 않았다. 엄마가 김치 양념 만드는 방법을 알려줬지만 나는 만들어볼 시도를 하지 않는다. 그건 내 김치이지 엄마의 김치가 아니기 때문이다. 엄마의 택배가 중단되면서 엄마와의 통화도 드문드문 멀어져갔다. 딸은 이제 섬사람이 아니므로 엄마의 김치를 잊고 잘 지내고 있을 거라 여기고 있는 것일까. 가까이 살지 않는 사람과의 대화는 오래 지속되기 힘들다. 나는 내 딸들이 무엇을 할 때 가장 크게 웃고 어떤 이상한 표정을 짓는지 엄마에게 일일이 보여줄 수 없음을 너무 잘 알아 버렸다. 나는 내가 어떤 생각과 감정 때문에 외롭고 괴로운지 엄마에게 말하기보단 말하지 않는 편이 서로에게 편한 감정으로 각자의 삶을 지탱하는 일임을 너무 잘 알아 버렸다. 이제 나는 엄마에게 필요한 말만 카톡으로 전하고 엄마도 내게 그런다. 우리는 그런 모녀가 되고 말았다.

친정에 쉽게 왕래하지 못하는 딸의 삶은, 왕래하지 못해도 괜찮을 만큼 겉으로는 아주 단단해 보여야 한다. 단단한 상자 속에 감춰진 여러 갈래의 마음이 겉으로 드러나지 않는 것이 여러모로 서로에게 좋다. 말하다 보면 가고 싶고, 말하다 보면 내 딸들을 보여 주고 싶고, 말하다 보면 나도 '엄마'라는 것을 잊고 당신의 딸로만 머물고 싶다고 다 쏟아부어 버릴까 봐 목소리를 잊기로 했다.

아이들이 잠든 새벽, 어떤 작가의 에세이를 읽다가 엄마에게 전화할 뻔했다. 작가는 엄마의 파김치를 먹고 있는 장면을 썼지만 나는 엄마의 집 담장을 아무 연락 없이 아무 옷이나 걸쳐 입고 드나드는 딸의 인생이 부럽다고 말하고 싶었다.

엄마의 파김치를 잊고 지낼 만큼 맛있는 파김치를 아직 찾지 못했다.

시외버스터미널

시외버스터미널에서 처음 보았다.

전주, 서울, 정읍, 광주, 이천……. 표를 파는 창구 위로 나란히 줄지어 쓰여 있는 지명들. 사회시간에 어디는 무엇이 유명하고 어디 가면 뭐가 있다는 식으로 외웠던 이름들. 뉴스에서 사건 사고를 전하는 앵커와 기자의 입에서 불려 나오던 장소들.

그 미지의 곳들이, 텔레비전과 책 속에서만 존재하던 곳들이 여기 모두 있다니! 이름을 따라 버스를 타면 그곳으로 데려다준다니! 참, 멋지다! 터미널이란 곳은!

동쪽에서 서쪽으로 한참을 가도, 남쪽에서 시작해

한 바퀴 돌아 다시 남쪽으로 오더라도, 방향을 잃고 걷고 걸어도 나는 섬을 벗어날 수 없었는데, 섬은 섬이란 지명 말고는 쉬이 다른 마음을 품지 않는데…….

스무 살의 나는 그곳에서 알았다. 섬을 떠나온 이곳에 섬으로 가는 버스는 없다는 사실을.

/ 3부 /

가장 오래 걸었던

여름

만삭의 등단

나는 만삭의 여자였다. 출산예정일을 한 달 남짓 남겨놓고 있을 때 신문사에서 걸려 온 전화를 받았다. 문화부 기자는 인적 사항을 확인했고 나는 얼결에 대답했다. 대답하고 나니 알았다. 신춘문예 당선이 된 것이다. 신문사로 왔으면 좋겠다는 기자의 말에 만삭의 배를 이끌고 기차와 택시를 탔다. 신문사에서 사진을 찍고 간단한 인터뷰를 하고 돌아왔다.

아이는 예정일보다 일주일 먼저 태어났고 그날은 신춘문예 시상식 전날이었다. 나는 퉁퉁 부어오른 얼굴로 심사위원 선생님들께 출산 소식을 알렸다. 남편이 수상소감을 하고 상패를 들고 사진을 찍었다. 신문에도 났다.

　20대의 나의 목표는 오로지 등단이었다. 스물 몇 살 때부터 신춘문예에 응모했다. 몇백 명에서 많게는 천 명이 넘는 응모자 중에서 최종심에 오른 몇 사람의 이름만 확인할 수 있는 신춘문예. 12월이 오면 신문사마다 원고를 투고하고 당선 전화를 기다리느라 긴장하고 절망하며 새해를 맞이하곤 했다. 그런데 큰 아이가 내 몸 안에 있던 그해 당선 전화가 온 것이다. 당선된 신문사를 포함해서 총 네 군데의 신문사 최종심에 내 이름과 내 시가 언급되어 있었다. 아이가 내게 준 기적이라 믿고 있다.

　어쨌거나 '엄마'라는 이름과 '시인'이라는 이름을 동시에 얻은 그해, 젖을 물리다 꼬박꼬박 졸면서 시를 퇴고하느라 난 참 고달팠다. 이름 앞에 새로운 이름이 붙고 불리는 일은 그만큼의 책임과 노력을 필요로 한다. 난 두 개의 이름을 저울질하다 '엄마'라는 단어를 조금 더 무겁게 선택했다. 아이는 당장 배고프다고 울고 보채지만 시는 입이 없었다. 아이를 선택하지 않을 이유가 없었다. 둘째 아이까지 낳고 젖을 물리느라 8년 동안 시를 쓰지 못했다. 시를 쓰지 않고도 살아갈 수 있다고, 잘살고 있다고 다독였다. 그리고 정말 그랬으면 좋겠다고 생각했다. 그래야만 견딜 수 있을 것 같았다.

낮엔 분명히 그랬는데 깜깜해진 방에 누워 있으면 시 쓰는 법을 잊어버릴까 전전긍긍했다. 내가 사랑하지 못하고 온전히 믿지 못하는 시를 잠에 쫓겨 겨우 퇴고하며 발표하는 일이 허무하게 느껴졌다. 새로 쓰지 못하고 등단하기 전에 써둔 시들로 온전히 그 시간을 버텼다. 쓰지 않는 내가 '시인'이라는 이름을 당당하게 받아들일 수 없어 괴로웠다. 나는 여전히 시인이 되지 못한 것 같은데 청탁 전화를 받는 것이 기쁘지만은 않았다.

내가 아이보다 시 마중을 먼저 갔더라면 무엇이 달라졌을까. 나의 생각과 행동에 상관없이 때가 되면 아이의 입안에서 이가 나고, 걸을 때가 되면 걸었을 것이다. 하지만 내 품에 두고 오래 젖을 물린 아이들이 건강한 시가 되어 내게 돌아오기를 나는 기다린다. 오지 않고는 못 버틸 것이다. 그래서 오늘 밤에도 고향 밤의 별은 빛난다.

토토와 알프레도

아이가 잘 성장하려면 무엇이 필요할까. 계절에 맞는 옷과 매일 배부르게 해줄 음식? 나이에 맞는 장난감과 놀이터? 맞다. 모두 아이들에게 있어야 할 것들이다. 그리고 편지에 붙는 추신 혹은 첨부파일 같은 것이 있다. 바로 주변에 '괜찮은' 어른이 있는 것. 그렇다면 꽤 근사한 성장 과정을 누릴 수 있을 것 같다.

아이들이 모두 잠든 밤, 그냥 잠들기가 아쉽다. 모두 잠들어 있고 나 혼자 깨어있다는 느낌은 집안에 혼자 있는 느낌과 얼추 비슷하다. 텅 빈 집에 혼자 있을 기회가 적은 내게 모두 잠든 밤은 그냥 보내기 어려운 시간이다. 컴퓨터로 영화를 보곤 하는데, 오늘의 선택은 〈시네마천국〉. 물론 내용은 다 알고 있다. 무엇보다 음악은 익숙하다 못해 낯설기까지 하다. 오늘 이 영화를 다시 꺼내든 것은 청소를 하다 책장 맨 밑에서 오래전, 대학 후배가 공 CD에 복사해서 준 영화 파일을 발견했기 때문이다. 발견했기 때문에 다시 봐야 했다. 먼지를 뒤집어쓴 영화를 모른 척할 수 없었다.

영화나 극장에 관한 경험을 할 수 없었던 환경에서 자란 나는 어른이 돼서 자취를 시작하면서부터 영화를 본격적으로 찾아보기 시작했다. 제목이나 포스터를 보고 선택하거나 너무 유명해서 이름이 익숙한 영화를 우선 봤다. 영화를 보고 나서 마음에 든 영화가 있으면, 출연했던 배우의 다른 영화를 찾아보거나 그 감독이 만든 다른 영화를 찾아서 보는 식이었다. 영화광들이 손꼽는 세계적인 영화, 죽기 전에 꼭 봐야 할 100편의 영화 같은 타이틀 속에 묶인 영화를 찾아보곤 했다. 몇 가지 내가 싫어하는 요소들이 있는 영화를 제외하곤 무작정 많은 영화를 찾아서 보려고 했던 시절이었다. 〈시네마천국〉 역시 그때 만난 영화였다.

자취방의 새벽은 나 홀로 빛나서 외로울 틈 없었다고 믿고 싶었는데, 그런 영화들을 만나 실컷 울고 나면 뭔가 가슴속에서 해소되는 느낌이 들었다. 젖어 있는 내 감성이 참 좋아 새벽에 쉽게 잠들지 못했었다. 필름이 불에 타기 시작하면서 순식간에 극장은 불에 휩싸이기 시작하고 광장에 있던 어린 토토가 쓰러져 있는 알프레도를 끌고 계단을 내려오는 장면. 작은 몸의 토토가 땀을 뻘뻘 흘리면서도 알프레도를 살려야 한다는 일념으로 필사적으로 계단으로 끌고 내려오는 그 장면. 그리고 그때의 사고로 시력을 잃은 알프레도가 "너에겐 더 중요한 일이 남아 있어." 하며 어린 토토의 얼굴을 손으로 감싸자 청년 토토의 얼굴로 바뀌는 울컥한 장면.

그때 자취방에 있던 나는 어떤 생각을 했을까. 그저 아름답다 여겼을까. 두 아이의 성장을 지켜보고 있는 내게 오늘 밤, 이 장면은 그저 아름답게만 여겨지지 않는다. 아이가 자라서 어른이 된다는 것은 그냥 '아름답다'라는 말로만 끝낼 수 없는 일이다. 누구나 어른이 되지만, 주변에 누가 있었느냐에 따라 어른이 되는 과정의 밀도와 질감은 다르다. 그저 나 혼자 생각하고 나 혼자 행동해도 될 때와 두 아이의 엄마가 되어서 두 아이의 삶에 내가 하는 행동과 말이 영향을 주리라는 것을 알고 지내는 일은 다르다.

로마로 떠나는 기차역에서 알프레도는 토토에게 향수에 젖지 말고 고향으로 돌아오지 말라는 마지막 당부를 한다. 그리고 "너랑 이야기하기도 싫어. 다른 사람들로부터 너의 이야기를 듣고 싶어."라고 말하며 토토를 꽉 안아준다. 토토는 알프레도의 만남이 마지막이라는 것을 몰랐겠지만, 알프레도는 알았을 것이다. 기차를 타고 떠난 토토를 다시 만나지 못하리라는 것을.

사랑을 두고 먼 곳으로 가서 다른 일에 몰입해야 하는 일은 굉장한 용기가 필요했을 것이다. 토토가 30년 동안이나 고향에 돌아오지 않고 로마에서 유명한 감독이 되었다는 것. 그러나 30년이 지나 돌아온 고향에서 첫사랑의 기억에 사로잡힌 자신이 이제껏 자유로울 수 없었다는 진실을 깨닫는 것. 성공한 감독이 되는 일과 사랑의 결실을 맺는 일. 어느 쪽이 더 행복한 삶인지는 모르겠다. 다만 키스 장면들만 모아놓은 필름을 돌려보며 인생을 돌아보는 중년의 토토는 쓸쓸해 보여 조금 안도가 된다. 무엇을 이룬 사람이나 이루지 못한 것을 품에 안은 사람이나 쓸쓸하긴 매한가지다. 그래서 우리는 극장에서 만난다.

키스는 열렬한 감정의 표현이고 절정의 순간이다. 누군가를 자유롭게 사랑할 수 있는 계절은 생각보다 짧고, 꿈에 매진할 수 있는 마음의 열정을 오래 끌고 가는 것도 힘든 일이다. 끊임없이 마음에 걸림돌이 생기고 밥벌이를 해결해야 하는 고단함이 뒤따른다. 사랑과 꿈을 믿었던 마음의 귀퉁이가 곧 너덜너덜해진다. '꿈'은 어쩌면 잘 때만 가능하기 때문에 '꿈'인지도 모르겠다.

아이들은 힘이 없다. 어떤 어른을 만나느냐에 따라 아이들의 생각과 경험과 정서의 뿌리는 다르게 뻗어 나간다. 뿌리와 잎들이 어디까지 뻗어 나갈 수 있을지 모르기 때문에 부모는 아이들을 과소 혹은 과대평가하기 쉽다. 잔소리가 자꾸 힘이 세지는 것은 이 때문이다. 양육과 책임에서 벗어난, 아이에게 자유로움과 상상의 힘을 키워줄 수 있는 '괜찮은' 어른이 아이 옆에 있다면 아이는 자신에게만 있는 본질적인 힘을 쉽게 잃지 않을 것이다.

평가를 생각하지 않는 그림을 그리고, 듣는 사람 상관없는 이상한 흥얼거림을 하는 일. 배워본 적 없는 춤을 추고 그때의 시간과 공간의 주인이 되는 일. 아이가 사랑하는 창의적인 행동과 말. 우리는 모두 누구나 예술가였지만 어느새 특별한 사람, 특별해지고 싶은 사람만 예술을 한다고 믿는 어른이 되어버렸다.

영화를 사랑하는 토토는 극장에서 일하는 것에 그치지 않고 감독이 되어 영화를 만드는 사람이 되었다. 알프레도는 알고 있었다. 토토가 자신의 이름을 내건 영화를 만들어야 한다는 것을.

편지 밑에 붙는 추신과 첨부파일. 우리가 하고 싶은 말은 모두 거기에 있다. 편지가 할 일은 그것을 당신에게 잘 전달하는 일.

교토에 두고 온 신발 한 짝

아이가 네 살의 걸음을 걷기 시작한 그해 겨울, 우리는 일본 오사카로 갔다. 첫날은 숙소 근처에 있던 마트에 파는 도시락으로 배를 채우고 좁은 방 한 개의 침대에 셋이 딱 붙어서 잠이 들었다.

다음날 교토로 가는 기차에 올랐다. 청수사에 갈 예정이었다. 교토에 도착해서 버스를 탔다. 버스에는 꽤 많은 사람이 있었고, 우리는 잠자코 손잡이를 잡고 흔들리며 서 있었다. 네 살 딸아이는 아빠에게 안겨 있었다. 한참 달리던 버스에서 외워 뒀던 버스 정류장을 알리는 일본어가 흘러나왔다. 우리는 서둘러 버스를 빠져나왔다.

만원 버스에서 벗어난 홀가분한 느낌도 잠시, 아이의 한쪽 발이 휑하니 양말만 신고 있다는 걸 깨달았다. 버스에서 내릴 때 사람들과 부딪치면서 아빠의 품에 안겨 있던 아이의 부츠 한 짝이 벗겨진 것이다. 겨울바람이 제법 겨울같이 불어오던 오후였다.

우리는 청수사를 가기 위해 교토에 왔다는 사실도 잊은 채 골목골목을 무작정 걸어 다니며 신발가게를 찾아다녔다. 골목에는 예쁜 도자기 접시와 장식품을 파는 가게들뿐이었다. 신발이 아니었다면 멈춰서 찬찬히 들여다봤을 고상하고 이국적인 물건들이 가득했다.

배가 고파지기 시작했고 저녁을 몰고 올 어둠이 손끝에 느껴졌다. 결국 신발 가게를 찾지 못하고 다시 기차를 타고 오사카로 향했다. 오사카역에서 돈가스와 우동을 먹고 둘러보니 백화점이 보여서 얼른 안으로 들어갔다. 어린이 전용 매장으로 올라가니 운동화를 세일하고 있었다. 드디어 분홍색 털이 안쪽을 감싸고 있는 회색 운동화를 아이 발에 신길 수 있게 되었다. 우리는 그제야 주변을 들여다볼 안도를 되찾았다. 눈, 코, 입 스티커를 다양한 얼굴에 붙일 수 있는 스티커 북을 아이 손에 쥐여 주고 숙소로 돌아왔다. 오목조목 이목구비를 만들고 뒤죽박죽 표정을 붙이는 아이. 오늘 하루의 낯빛이 꼭 그러했을 것이다.

한 짝만 집으로 돌아온 갈색 부츠와 회색 운동화 한 켤레는 상자 안에 담겨 아직 다용도실에 있다. 아이의 발은 몸에 꼭 맞았던 지난 기억을 잃어버렸다. 그러나 나는 교토에 남은 부츠의 행방이 궁금해져서 그곳이 생각날 때가 있다. 언젠간 그곳으로 나는 갈 것이다.

아이는 무수히 많은 신발을 배신하며 무럭무럭 자라고 있다. 작았던 아이의 발은 어느 시간이 신고 도망갔을까.

내가 사랑해서 밤은

아침이 되는 것을 잊고

라디오에서 처음 들은 음악에 마음이 흠뻑 젖어 들었을 때, 나는 음악의 집을 찾는다. 디제이가 알려주는 곡명과 가수의 이름을 메모해둔다. 그리고 프로그램 선곡표에 들어가 정확한 이름을 확인한다. 그리고 음악이 세 들어 사는 집에 노크한다. 세상에 나온 음반 중 어떤 음반에 그 곡이 살고 있을까. 온라인 음반 판매처에서 확인한다. 품절. 왜 좋은 것은 뒤늦게 알게 되는 걸까. 몇 년 전에 나온 음반이지만 품절. 나는 생각한다. 이토록 황홀한 음악이 세상에 나와 울려 퍼지는 동안 나는 뭐 하고 있었을까. 음반이 나온 그해에 나는 어떤 생각에 몰두해 있었나. 음반 발매의 시작점과 품절의 시작점. 그 간극을 채우지 못해 밤은 온통 아쉬움에 까맣게 타들어 간다. 온라인 판매처에 '재발매 알림 설정'을 해놓는다.

음반이 없다고 해서 그 음악을 영영 듣지 못하는 시대는 아니지만, 꼭 소장하고 싶은 음반을 만나는 것은 계절의 흐름을 어찌하지 못하는 인간의 연약함 때문이다. 연약함 때문에 감성은 이리저리 흔들리고 오르락내리락한다. 겨울 감성은 눈을 그리워한다. 나는 겨울이면 〈러브레터〉를 본다. 어린 나의 무릎까지 닿았던 눈의 차가움. 차가우면서 소스라치게 황홀했던 겨울이라는 커튼. 내가 살았던 고향 마을은 눈이 깊이깊이 쌓이던 중산간 마을이었다. 나의 마음 아주 맨 밑바닥에 눈에 대한 인상이 화석처럼 박혀 빛나고 있는지도 모르겠다.

두 눈은 영화 속 눈의 세계로 기꺼이 들어간다. 산에 있는 연인에게 잘 지내냐는 인사를 전하는 그녀의 목소리. 어디에도 없고 어디에나 있을 연인에게 가장 큰 소리로 안부를 보내는 마음은 메아리가 되어 돌아온다. 사실, 그대 없이도 잘 지내고 싶은 사람은 그녀 자신이었다.

내게 한 달 동안 살아볼 수 있는 자유와 여건이 주

어진다면 나는 주저하지 않고 이탈리아 피렌체로 갈 것이다. 두 사람이 되어 신혼여행으로 갔었고 세 사람이 되어 다시 갔던 피렌체. 피렌체가 그리운 날엔 〈냉정과 열정 사이〉를 본다. 남자가 오토바이를 타고 베키오 다리를 건너는 오후. 사랑하는 사람과의 약속을 지키기 위해 오르던 두오모. 영화 속에서 잔잔히 흐르는 피렌체의 풍경은 내게 아직 딸이 하나였던 삼각형 구조를 떠올리게 한다. 세 식구여서 아직 나는 서툴렀고 분주했다. 네 식구가 되어 사각형의 구조가 되면서 나는 내 안의 아늑함을 조금씩 찾고 들여다보려고 노력하게 되었다. 두 아이를 두고 잠깐이라도 카페에 가서 글을 쓸 수 있는 여유를 갖게 되었다. 비로소 안심할 수 있었다.

　　같은 부분에서 틀리던 첼로 연주자는 두 사람이 시간이 흐르고 나서 어긋난 인연으로 두오모에서 재회했을 때 완벽한 연주를 선보인다. 첼로의 아름다움을 알게 해준 영화 〈세상의 모든 아침〉을 보았던 새벽. 나는 의자에 앉아 자신의 앉은키만큼 되는 악기를 연주하는 사람의 슬픔과 고독, 어여쁜 고뇌는 앉은키를 넘지 못하도록 악기가 올망졸망 붙들고 있다는 생각을 했다. 앉은키를 넘은 첼로 소리는 악기의 마음 속으로 다시 들어가지 못할 것이다. 자신의 몸통 안에서 자신의 음악에 귀 기울이는 첼로가 좋은 소리로 연주자에게 아름다움을 선사할 것이다. 첼로는 아주 깊은 바다에 사는 못생기고 투박한 물고기 같다. 못생기고 투박해서 그 말 말고는 할 말이 생각나지 않는 물고기. 다른 것에 쉽게 비유하지 못하는 소리를, 첼로는 가졌다.

〈레드 핫〉을 보았던 열여덟의 밤. 따끈따끈해진 비디오테이프를 꺼내 품에 안았다. 쇼팽의 이별 곡을 연주하던 남자아이의 굵은 손가락이 아직 뜨거웠다. 로큰롤에 빠진 남자아이가 쇼팽의 곡을 연주하던 장면은 내가 사랑한 영화와 음악의 첫 만남이었다. 영화 속에서 음악을 만나고 음악 안에서 영화를 다시 들여다보게 되었다. 영화와 음악은 다른 이름을 가진 손가락이지만 손바닥에서 만난다.

라디오에서 흘러나온 조슈아 벨의 바이올린 선율에 매료되어 본 영화 〈라벤더의 연인들〉. 해안가 마을에 사는 늙은 자매는 어느 날 물에 떠밀려 온 의식 잃은 청년을 만난다. 청년에게 새로운 언어를 가르치고 양복을 사서 입히

고 회복할 수 있도록 극진히 돌본다. 평생 독신으로 살아
온 늙은 여자 앞에서 청년은 바이올린 연주를 한다. 여자
는 나이를 버리고 얼굴의 주름을 애써 잊고 청년 앞에서
설레고 만다. 나는 아무 일 없이 끝나는 늙은 여자의 마음
이 고독하기보단 아름다워서 영화의 여운을 오래 간직할
수 있었다. 아무 일도 없이 끝나서, 늙은 여자는 계속 사
랑할 수 있고 라벤더는 보랏빛을 오래 간직할 수 있다.

    밤은 내가 잠들지 않으면 밤으로 남을 것이다. 날짜
가 바뀌고 동이 터온다고 하더라도 나는 애써 모른 척할
테다. 모른 척하고 오늘 밤을 사로잡을 테다.

해금 소리

한때 해금 소리를 좋아했다. 소리 날 것 같지 않게 생긴 것에서 소리가 나는 것이 신기했고, 그 소리를 내는 사람들이 참 신기하다고 여겨졌던 때가 있었다. 해금 연주 음반을 틀어놓고 해금이 없는 곳에서 해금 소리가 들리는 상상을 했다.

창호지를 바른 옛날 문을 바람이 흔드는 것. 문틈으로 걸쭉한 질감의 바람이 방 안 공기를 한번 휘감는 것. 안에 있는 사람과 밖에 있는 사람이 바람의 과거와 현재를 느끼게 하는 소리.

목소리가 허스키한 사람이 사랑한다고 말하는 것.

성악 발성법을 배워보지 못한 사람이 오늘을 오늘답게 부르는 일. 그래서 매번 다르게 느껴지는 마음. 검은색 스크래치 북에 날카로운 것으로 긁으면 긁은 부분에만 드러나는 알록달록 빛깔. 그늘 속에 잠긴 손바닥 지문 안으로 비로소 들어오는 한 줌 빛.

구멍이 아무렇게나 푹푹 뚫린 검은색 돌멩이가 가득한 고향 바다를 걷는다. 해금 소리가 들릴 때만 파도가 하얀 속내를 보이다 도망친다. 울퉁불퉁 돌멩이의 구멍 속으로 해금 소리가 젖어 든다. 마음이 일렁이며 물결 곁으로 가서 앉는다.

해금을 연주하는 사람과 잠시 같은 차에 탄 적이 있다. 나도 모르게 너무 무겁고 비장하게 말해버렸다.

"죽기 전에 꼭 해금을 배워 보고 싶어요!"

좋아하는 것을 따라 내뱉고 싶은 말들이 바뀌는 때였다. 감성과 감정에 따라 흔들리기 좋아하고 그것을 즐기던 스물 몇 살이 그곳에 있었다.

셰이프 오브 워터

아름다운 것이 소용돌이치면 쉽게 잠들지 못한다. 겨우 잠이 들 때쯤 아이가 뒤척인다. 뒤척이는 소리에 잠이 달아나 버렸다. 나는 아름다운 여운을 다시 마음에 불러 모은다.

영화 〈셰이프 오브 워터〉를 보았다. 참으로 오랜만에 집중해서 빠져든 영화였다. 소소한 일상을 다룬 영화를 즐겨보는 내가 사랑에 빠지기 힘들 법한 종류의 영화여서 볼까 말까 망설였는데, 나는 이런 영화에도 감동하는 사람이었다. 기괴한 것이 아름다울 수 있구나. 비현실적인 것이 가장 현실적이구나. 추하고 더러울 수 있는 모습은 인간의 모습 중에 가장 오래된 고독 같은 것이구나. 이해가 갔고 고개가 끄덕여졌다. 그로테스크한 장면들 때문에 불편할 줄 알았는데 나는 불편까지도 사랑해버렸다.

　　방문을 잠그고, 욕조의 물과 세면대의 물을 모두 틀어놓고 두 생명체가 끌어안는 사랑. 물은 넘치고 넘쳐 물의 세계로 그들을 이끈다. 물속에서 자유로워지는 사랑. 물속에서 치유되는 사랑. 세상에 존재하지 않을 것만 같은 사랑은 물속에서 물을 만나고 사랑으로 승화된다. 물은 가장 오래된 미래다.

　　우리는 모두 물속에 있던 때가 있었다. 엄마의 몸 안에서 우리는 인간이 되어갔다. 물의 포옹 안에서 사람의 형체가 되어갔다. 물은 그림자다. 태어나는 순간 우리는 까마득하게 잊는다. 우리의 몸에 그림자가 분명 존재한다는 사실을 우리는 쉽게 잊어버렸다.

　　도시의 삶은 그림자를 잃게 만들었다. 나는 언젠가부터 내 그림자를 만나지 못했다. 어릴 때 밤중에 부모님의 심부름을 이따금 갔다. 손전등을 켜고 마을 구멍가게로 가는 길. 무서워서 손전등을 켰고 무서워서 동생 손을 꼭 잡았다. 드문드문 보이는 가로등이 전부인 칠흑 같은 어둠 속을 동그란 빛에 의지해 걸었다. 그때 나는 내 그림자를 만났다. 내 몸에 붙어 사선으로 길게 뻗은 채 괴물처럼 서 있는 그림자. 눈, 코, 입이 없고 말을 할 수 없지만 나보다 커서 어른 같았던 그림자. 그림자는 때론 길게 뻗어 내가 날씬한 모델이 된 것 같은 착각에 이르게 했고, 다리가 붙은 채로 몸통만 뭉뚱그린 모습으로 나를 덮치기도 했다. 동생과 걸으며 누구의 그림자가 더 크고 누구의 그림자가 못생겼는지 끊임없이 말을 나눠 가졌다. 혼자 가면 멀고 아득했을 길이 동생의 손과 손전등, 그림자 덕에 나는 그럭저럭 그 시간을 즐기게 되었다. 컹컹 짖던 동네 개가 그림자 속을 뚫고 들어오려 해서 난감할 때도 있었다. 대학 시절 자취방이 모여 있던 동네를 어슬렁거리던 때만 해도 그림자는 그럭저럭 내 곁을 붙어 다니곤 했는데 어디로 숨어버렸을까. 물속 깊이 잠수해버린 걸까.

상처 난 그녀의 몸은 물속에서 회복된다. 기괴한 생명체와 그녀는 물속 어디론가로 흘러들었다. 깊이깊이 빠져들었다. 물이 되었다. 물속에서 우리는 이목구비를 갖기 시작했다. 다시 말하지만, 물속에서 우리는 팔다리를 뻗게 되었다. 손과 발이 없고 눈코입이 아직 완성되기 전의

148

우리는 모두 괴물이었다. 물속에서 우리는 말이 필요 없었다. 영화의 마지막 장면에서 나는 물속에 들어가 숨을 쉬듯 먹먹해졌다. 그리고 내 그림자가 보고 싶어졌다. 꿈속에서 가끔 만나는 과거의 나. 그림자가 나를 그리워해 꿈속에 찾아든 것은 아닐까. 아이가 자다 깨서 엄마를 부르고, 아무것도 부르지 않으면서 기척을 확인하고 싶어 하듯 내 그림자가 존재를 확인받고 싶은 것은 아닐까.

괴물이라고 단정하면, 말도 안 된다고 공기 중으로 흩어져버릴 여운. 나는 기꺼이 괴물을 괴물이라고 부르기로 했다. 가령 새 구두를 신고 돌아다녀서 발꿈치가 다 까졌을 때 살은 못생겨지고 붓고 불쑥 붉어진다. 내 몸 어딘가에 괴물이 살아서 아주 가끔 튀어나오는 것이다. 그리고 며칠이 지나면 잠잠해진다. 다시 새 살이 붙어 그것은 온데간데없이 사라진다. 그것이 나를 사랑하는 괴물의 방식이라 여기기로 했다. 그림자와 양수의 기억일 수도 있고 아무것도 아닌 내가 시를 쓰고 감정을 느끼는 인간이 됐다는 증거일 수도 있다.

오래 걸어야 닿는 당신의 집

걸으면 바닥에 끌리고 먼지가 묻을 것만 같은, 발목까지 오는 긴 드레스를 입은 여자들이 나오는 영화를 좋아한다.

촛불에 의지해서 수를 놓고 글을 쓰는 그녀들. 남자의 이름으로 책을 낸 여자들. 부잣집 남자에게 시집을 가야 값비싼 원단으로 만든 드레스를 입을 수 있는 그녀들. 사교장에 가서 남자와 춤을 추고 눈을 맞추고 여자들끼리의 질투와 욕망에 사로잡혀 결국 고독해지는 그녀들.

긴 치마 속에 코르셋을 감추고 깃털 모양 장식이 달린 모자를 쓰고, 하지 말아야 할 것들을 먼저 배우는 그녀들. 거추장스러운 장식과 몸을 압박하는 것들 때문에 그녀들의 삶은 숨이 막혔겠지만, 난 이상하게도 긴 드레스 자락과 한쪽으로 기울게 쓴 모자를 쓰고 한 손으로 양산을 든 그녀들을 보면 철없이 아름답게만 느껴진다. 모네의 그림에서 빠져나온 듯한 여인. 마차를 타고 드넓은 평원을 달려가는 그녀. 하늘이 보이지 않는 숲속을 걷고 걷는 그녀.

사랑에 빠질까 말까 고민하고, 사랑하지 말아야 할 사람을 사랑해서 타락해지고, 어두운 귓속으로 비밀과 뒷담화를 밀어 넣는 여인들. 폭풍우 속을 뚫고 뛰어오는 말이 어느 밤, 편지를 전달한다. 편지를 읽은 그녀들은 나락에 빠지고 불행을 얻는다. 사랑을 깨닫고 가족의 포옹을 소중하게 떠올린다.

마음속에서 뭔가 빠져나갔는데 빠져나간 무엇이 무엇인지 모를 때, 나는 긴 드레스를 입은 여인들이 나오는 영화를 본다. 말보다 글 속에 진심을 담고, 표정보다 눈길로 말을 건네는 일. 긴 오해와 망설임을 돌고 돌아 비로소 인연을 맞이하는 일.

무릎을 꿇고 청혼을 한다. 당신이 소중하다는 말 대

신 무릎을 꿇는다. 편지를 쓴다. 당신의 눈동자에 내 눈동자를 수놓고 싶은 마음 대신 종이에 글자를 입힌다. 산책을 한다. 당신 곁에 있고 싶다는 말 대신 같이 걷자고 한다. 이마에 머리를 맞댄다. 사랑한다는 말 대신 상대방의 이마에 내 온기를 전한다.

직설적인 표현은 때론 버겁다. 매서운 조언과 일방적인 포옹은 내 마음이 여유롭지 못할 땐 빗겨나간 못처럼 다른 방향으로 뚫려 버린다. 그래서 나는 조금 오래 걸리는 편을 선택한다. 영화 속 주인공처럼 걷는다. 걸으면서 마음을 반추한다. 마음이 잘 소화될 수 있도록, 마음의 마음을 들여다본다.

석양의 그늘이 드레스 자락을 비춘다. 그녀들은 이제 결심을 한다. 그녀들의 인생은 침묵을 지키는 낮고 어두운 촛불의 불빛이 아니라 마음속에 활활 타오르는 고독함을 아우르는 여유에 달려있다.

오직 자신만이 자신을 알 수 있다.

라디오가 있는 곳에
어김없이 내가 있다

깨고 나서 잠들 때까지 라디오를 켜고 생활한다. 방마다 라디오가 하나씩 있다. 우연히 웹 서핑을 하다 발견한 앤티크 스타일의 라디오가 마음에 들어 들여놓은 것을 시작으로 방마다 그 브랜드의 다른 디자인을 가진 라디오를 놓았다.

거실에 있는 라디오를 틀고 설거지를 하고 국을 끓이고 청소기를 돌린다. 바닥을 닦고 식물에 물을 준다. 방에 있는 라디오에서 흘러나오는 음성에 귀를 기울이며 머리를 빗고 옷을 갈아입는다. 다른 방의 또 다른 디자인의 라디오를 켜 놓고 커피를 마시고 책을 읽고 시를 쓴다.

주로 클래식 채널을 틀어놓지만, 저녁에 하는 올드
팝 프로그램도 좋아해서 그 시간엔 꼭 그 채널로 바꾼다.
디제이가 읽어주는 사연에 귀를 기울인다. 나와 비슷한 생
각이나 상황에 있는 사람들의 사는 모습에 안도하고 위로
받는다. 새로운 사실을 알기도 하고 생전 처음 듣는 음악
에 마음이 뺏기면 메모해뒀다가 선곡표를 다시 확인해서
음악의 정체를 알려고 한다.

　　중고등학교 때도 라디오를 좋아했다. 라디오에서 좋
아하는 노래가 나오면 녹음하고 용돈을 모아 좋아하는
카세트테이프를 사 모았다. 불을 다 끄고 음악을 들으면
새로운 감성과 감상이 된다는 것도 그때 알았다. 대학 시
절 자취할 때도 종일 디제이의 음성에 의지하곤 했다. 가
요, 팝, 포크, 뉴에이지 등 라디오나 잡지에 소개된 새로운
음반과 가수를 찾아 들었다. 공 CD에 좋아하는 곡을 녹
음한 음반을 만들고 색이 고운 종이에 제목을 프린트해서
친구나 선후배에게 선물하곤 했다.

　　좋아하는 음반을 찾아 듣는 것도 좋지만 라디오에
서 어느 시간 갑자기 평소 좋아하는 곡이 흘러나오는 행
운이 몸을 들썩거리게 한다. 좋아하는 곡이 불쑥 흘러나

오면 지나간 시간이 떠오르면서 한때 내가 했던 행동이 자연스럽게 돋아난다. 어떤 풍경이 눈앞에 재방송된다. 내가 조금 멋진 사람이 된 것 같이 설레고 특별한 사람이 될 수 있을 것 같은 용기를 얻는다. 집이 조금 더 아늑하고 따스한 공간이 된다. 내 아이들을 온전히 품어주는 어떤 손길이 느껴진다.

아이들 또한 라디오를 켜 둔 생활에 익숙해져서 적막한 집안보다 은은하게 흘러나오는 음악 소리를 좋아한다. 인형 놀이를 하고 클레이로 조물조물 무언가를 만들면서, 그림을 그리면서도 음악에 마음을 열어 놓는다. 피아노와 바이올린을 배우는 큰딸과 이제 피아노를 시작한 작은딸은 '베토벤'이나 '비발디' '슈베르트'와 같은 이름이 나오면 이웃의 아는 사람처럼 반가워서 소리친다. 엄마가 좋아하는 팝이나 영화음악이 나오면 제목은 몰라도 엄마가 좋아하는 음악이라는 것은 안다.

스페인어, 이탈리아어, 프랑스어와 같이 의미를 짐작조차 못 하는 가수들의 목소리와 선율에 마음 뺏길 때도 많다. 목소리는 감정을 숨기지 않고 드러내기 좋아하니까 뜻을 모르는 것은 전혀 문제 될 것이 없다.

아이가 울고 웃는다. 찌르레기가 지저귀고 비가 빗소리를 내며 내리고 번개가 섬광을 일으키는 일. 모두 음악이다. 노래를 부르는 일은 그래서 꼭 가수만이 할 수 있는 일은 아니다. 박수를 칠 관객은 지금, 설거지통에 얌전히 거품 목욕 중인 그릇이 될 수도 있다. 나는 흥얼거리며 관객을 깨끗하게 씻겨주면 된다.

참, 찌르레기는 모차르트가 좋아하던 새였다고 한다.

어린 왕자

여행을 갈 때마다 어린 왕자를 데리고 왔다.

도시의 상징물이 새겨져 있는 냉장고 자석, 머그컵, 열쇠고리 같은 것 대신 나는 어린 왕자를 선택했다. 어느 곳이나 있을 것 같아서 구하기 쉽고 모아두는 것만으로 여행의 기록이 될 것 같았으며, 같은 내용의 책이 어떤 형태로 도시와 만나 있을지 궁금했기 때문이다.

스물일곱이었던 나는 스물넷이었던 동생과 어떤 이야기를 오고 가던 중에 해외 여행을 가보자는 결론에 이르렀고 가깝고 비교적 저렴한 비용으로 갈 수 있는 일본을 선택했다. 일본 중에서도 부산에서 배로 갈 수 있다는 후쿠오카가 우리가 선택한 첫 해외 여행지였다.

우리는 통장에 있던 몇 십여만 원의 돈으로 제주에서 부산으로 가는 비행기를 예약하고 부산에서 떠나는 후쿠오카 행 배편을 예약했다. 저녁 비행기로 김해 공항에 도착해서 부산의 찜질방에서 자고 아침 일찍 배를 탔다. 배에서 내려 한국이 아닌 곳의 공기를 처음 만나고 낯선 상자 같은 그곳에서 이질적인 언어를 들었다. 낯선 곳으로 온 것이 틀림없었다. 그날 늦은 밤까지 우리는 참 오래, 참 길게 걸었다. 다음 날 아침, 체크아웃 해달라는 호텔 직원의 다급한 전화벨 소리를 들어야 깰 수 있었을 만큼 고단했지만 꿈 한번 꾸지 않고 정말 푹 잤다.

짧은 1박 2일의 여행에서 무심코 어린 왕자를 떠올렸는데 그것이 지금까지 이어지는 여행의 연대기가 되었다. 일단, 여행을 떠나기 전에 여행지의 언어로 출판된 어린 왕자를 검색해서 책 사진을 휴대폰에 저장해둔다. 영어를 쓰는 나라는 영어로 책 이름을 말하면 되지만 그렇지 않은 나라는 휴대폰에 찍어 둔 사진을 보여주는 것이 책을 찾을 수 있는 가장 빠른 방법이다.

작은 집과 작은 차가 인상적이었던 일본에서 만난

어린 왕자는 손바닥 하나에 들어오는 작은 책이었다. 세로로 글자가 적힌 것도 독특하다.

신혼여행으로 처음 멀리 갔던 프랑스 소로본 대학 근처에서 산 어린 왕자는 귀여운 폰트의 글씨체가 앙증맞다. 오르세 미술관에 있던 기념품 가게에서 명화 엽서와 명화 수첩 사이에서 뜻밖에 어린 왕자를 발견하기도 했다. 책장을 펼치면 노란 뱀을 만난 어린 왕자가, 높은 산에 올라간 어린 왕자가 튀어나오는 팝업북이다. 이탈리아의 피렌체 두오모 성당 근처에서 샀던 어린 왕자의 글씨체는 푸실리 파스타처럼 꼬불꼬불 귀엽다. 세 살 아이와 다시 피렌체에 갔을 때 어린왕자가 그곳에서 우리를 기다리고 있었다.

동생과 갔던 프라하의 바츨라프 광장에서 체코어를 입은 어린 왕자를 만났다. 낯선 체코어로 적힌 어린 왕자는 인쇄된 체코어가 처음부터 끝까지 생경한 느낌을 주어서 문이 꽉 닫힌 성문처럼 느껴지지만, 주정뱅이 아저씨나 세 개의 뿌리가 맞닿아 있는 바오밥나무는 그대로여서 아늑하다. 빈의 슈테판 대성당 근처에서 산 어린 왕자는 작은 글씨로 정갈하게 적혀 있고 아주 가볍다. 비엔나소

시지를 먹으며 읽기 좋다.

엄마와 갔던 벨기에의 브뤼헤라는 아름다운 도시에서도 어린왕자를 잊지 않았다. 마르크트 광장에서 작은 집에 사는 어린 왕자를 만났다. 그림은 최소한의 영역에만 그려져 있고 글이 우선인 작고 소박한 책. 서점 주소와 전화번호, 이메일 주소가 적힌 책갈피가 아직 책 속에 꽂혀 있다. 계산한 영수증에는 독서의 즐거움을 뜻하는 네덜란드어가 적혀 있다. 그 주소로 편지를 보내면 독서의 즐거움을 알게 해 줄 책 한 권, 추천해줄까?

네덜란드 암스테르담 공항에서 비행기를 기다리다 들어간 서점에도 어린 왕자가 기다리고 있었다. 여행을 마치고 집으로 돌아가는 나에게 양장 제본을 한 어린 왕자는 다음엔 반 고흐 미술관에 들렀다 가라고 속삭이고 있었다. 엄마와 갔던 여행이어서 패키지여행으로 선택했는데, 사람들을 따라다니느라 가보지 못한 곳이 많았다. 풍차는 보고 고흐는 못 봤던 것이다.

어린 왕자를 모으고 있다는 것을 아는 동생이 런던의 노팅힐 서점에서 어린 왕자를 사다 주었다. 그림마다 선명한 색상이 입혀져 있고 글씨에는 금빛이 반짝인다. 표지를 왼쪽으로 펼치면 유럽의 미술관 벽을 연상하게 하는 꽃무늬가 그려져 있다. 다른 언어에 비해 가장 익숙한 영어로 적혀 있어 아무런 감흥이 없을 뻔했는데, 새파란 하늘에 금빛 모래알을 뿌려 놓은 듯한 책의 디자인에 감탄하지 않을 수 없다. 이 작은 책 한 권이 아름다울 수 있는 건 다 가졌구나, 하는 생각이 든다. 분명 책을 디자인한 사람이 여자일 것 같다는, 지극히 주관적인 판단을 해 본다.

　　우리 집에 온 많은 어린 왕자 중에서도 맨 처음 내 손에 도착한 손님은 네팔에서 온 이국적인 어린 왕자다. 유럽이나 일본의 책에 비해 표지 색상도 선명하지 않고 촌스럽다. 스카프가 어린 왕자를 의미하는 네팔어 가까이에서 멈춘다. 바람에 나부끼는 분홍색 스카프와 분홍색 머리카락의 어린 왕자. 옷까지 분홍색을 입었으니 말 다 했다. 학교에서 한국어 교육 봉사를 하러 갔던 애인은 전화 교환원인 네팔 아이에게 동전을 주고 내게 전화를 걸어왔다. 자취방에 있던 내가 아주 길고 아득한 번호로 걸려 온 전화를 받았다. 서로의 목소리를 들으며 우리는 정답게 반가워했다. '정답게 반가워했다'라는 말은 어색하지만, 생각난 대로 쓰기로 한다. 생각난 대로 써야 그때의 감정이 여기 적힐 것 같다. '네팔에서 온 편지'라고 이름 붙이고 번호를 휴대폰에 저장해 두었다. 그 번호로 전화하면 교환원이었던 아이를 거쳐 애인이 전화를 받을까?

　네팔 아이는 이제 어른이 됐을 테고, 애인은 자라 남편이 됐다. 그리고 애인이 데리고 온 첫 어린 왕자를 나는 배신하지 않았다. 그에게 『어린 왕자』를 읽는 두 딸아이를 선물했다.

클래식은 귀여워

일요일 새벽에 나오는 클래식 프로그램이 있다. 지상파 채널만 나오는 우리 집 텔레비전 특성상 좋아하는 프로그램이 있으면 요일과 시간을 기억해둔다. 지상파 채널만 있는 것은 프로그램의 소중함을 알게 하고, 프로그램이 돌아오기까지의 시간과 요일을 금쪽같이 여기게 한다. 놓치면 조금 섭섭하지만, 곧 안도한다. 찬스는 어김없이 돌아오니까. 물론 동영상 사이트나 방송국 홈페이지에 들어가서 지난 방송을 다시 볼 수 있다는 걸 안다. 요즘엔 더 많은 경로가 있다. 하지만 시계를 자꾸 쳐다보며 때를 기다리는 기쁨과 설렘이 좋다.

큰아이가 여덟 살이 되면서부터 클래식 공연장에 같이 다니기 시작했다. 오래전부터 하고 싶었던 일 중의 하나였다. 오랜 시간 클래식 공연을 흐트러짐 없이 본다는 것은 어른으로서도 쉬운 일이 아니다. 좋아하는 음악가와 음악이라 하더라도 집에서 편한 자세로 감상하는 것과 사람들이 밀집해서 앉아 있는 공연장에서 호흡을 가다듬고 박수를 쳐야 할 때를 가려내며 듣는 일은 전혀 다른 일이다. 옆을 살짝 돌려 보면 처음 듣는 음악도, 익숙한 음악도 집중해서 보는 아이의 옆모습이 보인다. 그것이 참 기특했다. 그리고 부러웠다. 나는 어릴 때 그런 감정과 느낌을 경험해보지 못했으니까.

몇 주 전 새벽, 혼자 클래식 프로그램을 보고 있었다. 아이는 잠이 안 온다며 이불을 덮었다 말았다, 일어났다 누웠다, 화장실에 갔다 오기를 반복하고 있었다. 아이를 소파 옆자리로 불렀다. 아이는 언제부터 혼자 봤냐고 했고, 나는 지금 물음을 쥐고 있는 아이가 태어나기 전부터 봤다고 했다. 나는 초콜릿 상자에서 몰래 초콜릿을 꺼내 먹은 아이처럼 아이에게 미안해진다. 미안해지면서 환해진다. 아기였던 아이가 이제 음악을 음악이라고 말할 줄 아는 아이가 됐으니, 봄꽃이 흐드러지게 핀 봄날 마냥 마음에 살뜰함이 소복소복 찬다.

표정의 주름살을 만들며 연주에 집중하는 연주자. 지휘자 뒤로 객석에 앉아 있는 사람들의 얼굴빛과 자세가 보인다. 공연장에 있다면 볼 수 없었을 '음악 듣는 사람들'의 얼굴. 텔레비전에서는 악기 하나하나의 생김새가 눈에 들어오고 연주자의 손놀림과 목에서부터 얼굴까지 이어지는 근육의 떨림이 카메라에 포착된다. 자신의 파트가 아닌 곳에서 악기를 내려놓고 기다리는 연주자의 숨고르기. 지휘자의 몸짓과 손짓에 온정신을 쏟는 음악가들의 격렬하고도 고요한 눈빛이 숭고하다. 그들로부터 몸과 마음이 다른 곳에서부터 시작된 것이 아님을 깨닫는다.

아이는 일요일 새벽을 기다리며 일주일을 지낸다. 동생 옆에 자는 척 누워 있다가 동생이 잠들면 소파에서 책을 읽으며 초콜릿 같은 시간을 기다린다. 이 모든 일련의 과정이 아이에게 참신한 기분이 들게 한 모양이다.

무대에 앉은 연주자들이 각자의 위치에서 각자의 방식으로 조율하다 일순간 하나의 음으로 시작하는 일. 조잘조잘 떠들다가 말을 해본 적 없는 얼굴로 잠든 아이처럼 음악은 꽤나 귀여운 구석이 있다.

빨강 머리 앤

빨강 머리 앤에 대한 향수를 가지지 않은 내 또래 여자아이가 있을까? 나 역시 빨강 머리 앤을 보고 자랐다. 책을 찾아 온라인 서점을 기웃거리다가 빨강 머리 앤 DVD를 우연히 보게 됐다. 순식간에 10장의 DVD 세트를 장바구니에 담고 결제를 했다.

그때는 아이들이 많이 어렸다. 뾰족한 모서리에 찍히면 얼굴에 상처가 나고 가위질을 할 때는 왼손이 다치지 않게 조심해야 하며, 뜨거운 냄비를 만지면 안 된다는 것을 부지런히 알려줘야 했던 때였다. 빨강 머리 앤의 희로애락은 아직 먼 이야기였다.

집에 도착한 DVD를 포장도 뜯지 않은 채 책장 맨 위에 올려놓았다. 손상되지 않은 여운이 집 안 어딘가에 서 풍겨왔다. 아이들이 어려 DVD를 꺼내 볼만큼의 시간 적 여유가 없었지만, 앤의 웃음이 우리 집에 도착했다는 것만으로 좋았다. 이제 언제든 동그란 DVD를 꺼내기만 하면 앤이 내게 말을 걸 테니까.

큰아이가 아홉 살 때 처음으로 둘이서 당일치기 서 울 여행을 했다. 아침 일찍 기차를 타고 지하철을 갈아타 서 디자인 전시회와 명화 전시회를 봤다. 전시회를 보고 나서 집으로 돌아가기 위해 오후 늦게 기차역에 도착하니 역과 연결된 백화점 전시회장에서 일본 애니메이션 전시 가 열리고 있었다. 빨강 머리 앤, 플란다스의 개, 톰 소여의 모험……. 내가 어릴 때 보고 자란 TV 만화. 만화 캐릭터 를 배경으로 아이의 사진을 찍고 애니메이션 장면이 담긴 두꺼운 책도 샀다.

집으로 돌아온 아이는 두꺼운 책에 담긴 그림을 관 심 있게 넘겨봤다. 아직 채색되지 않은 그림들. 그 그림이 모여 움직이는 영상이 된다는 사실에 신기해했다. 인물의 표정과 감정을 다양한 각도에서 그린 그림들. 아이는 장면

중 마음에 드는 것을 골라 종이에 따라 그려보곤 했다. 나는 책장 맨 위에서 빨강 머리 앤 DVD를 꺼내 아이에게 보여주었다. 아이도 나도 이제 앤을 만날 때가 온 것 같았다. 큰 가방을 든 앤이 기차역에서 매튜를 기다리는 장면, 조용한 매튜 옆에서 수다를 떨다가 마차가 지나가는 사과나무 터널 길을 '기쁨의 하얀 길'이라고 이름 붙이는 장면. 아이 옆에서 옷을 개키면서 나도 슬쩍 봤다. 참, 오랜만이다. 앤.

　시를 쓰는 내가 앤을 가만히 보고 있자니 앤이야말로 시인이 아닌가 하는 생각이 든다. 어떤 것이든 의미를 부여하고 이름을 붙이는 것을 좋아하며 사소한 것도 그냥 지나치는 법이 없으니 말이다. 사물과 사건을 자기 품에 안는 일을 마다하지 않으니 어쩌면 더 아프고 더 속상할 수 있겠다. 앤이 시인이 되지 않고 선생님이 된 것은 앤다움을 잊지 않으려던 것일 것이다. 멀리 가는 대신 혼자 남은 마릴라 아주머니를 돌보기 위해 마을로 돌아오는 일을 선택한 앤. 출세와 성공을 위해 고향을 떠나는 것보다 어려운 선택은 다시 고향으로 돌아가는 것이다. 앤의 섬세함과 애정이 여러 의미를 품은 시어의 마음을 헤아릴 줄 아는 어른으로 성장 시켜 주었던 것이다.

어른이 될 때까지 길버트와 화해하지 않는 고집불통을 갖고 있고 창문 밖으로 불빛을 깜빡이며 다이애나와 소통하는 앤. 수다가 지나쳐 때론 다른 사람들의 기분을 상하게 하고 어른으로선 이해되지 못할 행동으로 마릴라 아주머니를 화나게 하는 앤.

예민하고 낯도 많이 가리던 큰아이는 한편으로 영민함과 놀라운 집중력을 가진 꼬마였다. 꼬마가 앤과 친구가 될 수 있을 만큼 자랐다. 어른들에게 혼나면서도 자기다움을 잃지 않는 용기를 가진 앤. 길버트에게 화해의 손길을 내밀던 순간, 자기 안의 우겨질 대로 우겨진 감정의 뭉치들을 공중으로 띄어 보내는 앤. 그래서 앤의 성장은 아름답다. 초록색 지붕집을 둘러싼 붉은 노을의 보색대비 때문만은 아니다.

손바닥을 턱에 걸치고 창밖을 응시하는 앤의 눈빛. 무엇이든 그 눈빛 속으로 걸어 들어가면 나오는 길을 잃어버릴 것 같다. 그대로 앤이 다 가져버릴 것 같다. 그래서 빨강 머리 앤이다.

음악은 저쪽에서 흘러나와
이쪽으로 숨어들었다

그곳이 궁금했다.

대학 시절, 문구용품이나 책을 사러 가거나 동아리 방에 가기 위해 매일 학생회관에 가다시피 했다. 부모님이 보내 주신 용돈을 인출하거나 허기를 채우기 위해, 혹은 기차표를 끊기 위해서라도 학생회관에 가야 했다.

1층 좁은 복도를 걸어갈 때마다 극장 문 같이 생긴 빨간 문을 늘 지나쳐야 했다. 어느 날 용기를 내 안으로 들어가 보았다. 어두컴컴한 실내에 많은 의자가 강의실처럼 모여 있었고 입구 오른쪽에 라디오 부스 같이 생긴 작은 공간이 있었다. 그 작은 방의 책장에는 LP가 가득했고 그곳에 앉은 누군가가 음악을 틀어주고 있었다. 클래식 음악 감상실이었던 것이다.

의자 하나에 우연히 앉게 된 그 날부터 나는 학생회관에 갈 때마다 그곳에 자주 들렀다. 늘 한산했던 그곳의 의자 하나에 앉아 리포트도 쓰고 소설을 읽기도 하면서 다음 강의 시간을 기다리곤 했다. 그때까지 나는 클래식 공연장에 가본 적이 없었고 클래식 음악을 처음부터 끝까지 제대로 경험하지 못했었다. 고등학교 음악 시간에 우아하지만 지루한 목소리를 가진 남자 선생님이 음악책에 나오는 음악을 잠깐잠깐 들려줬던 게 전부였다. 그땐 그것이 좋은 줄 몰랐었다. 선생님의 지나치게 낮은 목소리가 거슬려서 친구들과 목소리에 관한 험담을 킥킥대며 늘어뜨리곤 했다. 무엇이든 꼬투리를 잡고 수다로 늘어뜨리던 때였다.

어느 날, 내 두 귀를 돌아 몸 전체를 관통하는 음악을 들었다. 나는 음악의 정체를 묻기 위해 상자 같은 유리문을 두드렸다. 헨델의 〈울게 하소서〉라고 했다.

울게 하소서. 울게 하소서.

수첩에 메모해 두었다.

　영화 〈파리넬리〉를 보았다. 영화 속 장면은 잠시 머물다 내 곁을 떠나갔지만, 음악은 피부에 붙은 솜털처럼 한참을 내 곁에 서성거렸다. 작은 부스에서 음악을 들려주는 그들은 내가 이 모든 음악을 미처 알기 전에 이미 충분히 경험했을 것이다. 그들은 어떻게 클래식 음악 동아리에 들어갔을까. 클래식 음악을 유년에 접해봤을 그들의 취향이 부럽기까지 했다. 경험을 해야 취향이 생기고 취향이 생겨야 자신을 알게 된다. 자신을 알고 있어야 행동을 하게 된다. 투명한 유리 벽 안에 있는 그들의 취향과 감성은 내가 여태 먹어보지 못한 음식 같은 것이었다. 조금 과장하자면 유럽의 어느 작은 섬에만 맛볼 수 있는 별미 같은 것. 그곳에 갈만한 형편이 되어야 하고 그곳에 가면 그것이 있다는 정보를 알아야 먹을 수 있는 것.

　피아노를 배우는 아이의 악보에 있는 〈울게 하소서〉. 그렇다. 피아노를 시작한 지 얼마 지나지 않고도 접해볼 수 있는 대중적인 멜로디였던 것이다. 피아노 학원이 없던 곳에서 자란 나는 클래식이라는 것이 아주 오래전부터 세상을 휘감고 흘러왔다는 사실을 모른 채 유년을 지나쳐

버린 것이다.

　　오래전부터 생겨난 취향이었다면 나는 문을 두드려
"저도 가입하고 싶어요." 했겠지만 그렇지 못했다. 부스
너머에서 음반 하나를 꺼내 갈아 틀던 그들의 손과 시선
은 내가 닿을 수 없던 무지개 같이 아득하게만 느껴졌다.
딴 세상에서 불쑥 생겨난 사람들 같기만 했다.

　　늦겨울의 어느 오후, 집 근처에서 바이올린 레슨 광
고를 발견했다. 바이올린을 꼭 시키려던 것보다 유치원에
마음을 붙이지 못한 작은아이가 내내 걸렸던 차에 아이
와 함께 선생님을 만나 보았다. 아이는 작은 몸에 어울리
는 귀여운 바이올린을 흥미롭게 만져보고 소리 내 보았다.
아이는 일주일에 두 번 가는 레슨 시간을 즐겁게 기다렸
다. 어느 날 선생님이 클래식 음악가에 대한 워크북을 준
비해 오셨다. 수업이 끝난 어느 날엔 "엄마, 비발디는 바로
크래." 또 어느 날엔 "쇼팽의 별명은 피아노의 시인이야!"
그리고 어떤 날엔 "바흐의 진짜 이름이 뭔 줄 알아? 요한
세바스찬 바흐야!" 했다.

　　아이는 바이올린을 켜는 일보다 음악가의 얼굴에
표정을 그리고 음악가의 별명을 알아맞히는 일에 더 흥미

로워했다. 나는 눈을 동그랗게 뜬 아이의 작은 입에서 '후기 낭만주의' '헝가리 무곡'이란 말들이 흘러나오는 광경을 놓치기 싫어 아이의 얼굴에 조금 오래 머문다.

이런 것들을 내뱉을 줄 아는 일곱 살 아이의 일상이란 얼마나 우아한가!

세 살의 피렌체

아이의 기억은 그곳으로부터 시작된다.

신혼여행 때 처음으로 유럽에 갔다. 유럽에 대한 동경을 특별히 품었던 것은 아니었다. 어디로 갈까 고민하다가 마침 문학상 상금이 있어 먼 곳에 갈 여력이 생겼다. 즉흥적으로 텔레비전이나 영화 속에서 자주 봤던 에펠탑이나 콜로세움 같은 곳을 떠올렸다. 프랑스 4일, 이탈리아 4일 이렇게 8박 10일 일정이었다. 그때 갔던 곳 중에서 내 마음에 가장 오래 기억되는 곳은 이탈리아 피렌체였다. 딱 하루밖에 머물지 못했지만 두오모 성당 꼭대기에 올라갔을 때의 기억과 골목골목을 누비며 벽돌 건물들과 조각들, 그곳에 박힌 상징과 무늬를 봤던 감정이 깊게 박혔다. 수많은 이야기를 감추고 있을 시간의 겹침이 황홀하게 했다. 르네상스의 발상지라는 사실이나 영화 〈전망 좋은 방〉의 배경이 된 장소이자 단테와 베아트리체의 이야기가 숨어 있는 곳이란 사실을 다 버리고도 이곳은 충분히 매력적이었다. 세상에 이런 곳이 있구나, 하는 생전 처음 경험해본 생경함이자 아늑함이었다.

　　큰아이가 태어나고 유럽 여행을 다시 갈 수 있는 기회가 왔다. 둘째가 태어나기 전에 가지 않으면 풍선 같은 기회가 허공으로 날아가 버릴 것 같았다. '세 살 아이와 유럽 여행을 가는 것이 가능할까?' 보다 '지금 아니면 영원히 못 갈 것 같아.'라는 마음이 앞섰고 비행기표를 예매했다.

　　런던 올림픽이 한참이던 그 뜨거운 여름에 우리는 31개월이 된 아이와 비행기에 올랐다. 아이와 같이 가는 여행이었으므로 최소한의 이동을 고려해서 이탈리아만 선택했다. 14박 16일 일정 중에 피렌체에서만 5일을 있기로 했다. 로마, 베니스, 밀라노는 호텔을 예약했지만 피렌체는 방을 예약했다. 방과 부엌이 있고 화장실이 붙어있는 원룸 형태의 방이었다. 주방이 있어서 아이에게 줄 간단한 음식을 할 수 있을 것 같아서 마음에 들었다. 또한, 잠시지만 현지인처럼 살아볼 수 있을 것 같았다.

로마의 박물관에서 아이는 아무것도 모르는 얼굴과 진지한 표정으로 조각들을 들여다봤고 조각들 사이에서 익숙한 과일이나 동물을 발견할 때면 조금 더 오래 빠져들었다. 더위 탓에 목은 수시로 말랐고 아이는 태어나 처음으로 이탈리아에서 복숭아 아이스티를 맛보았다. 여행 내내 마셨다. 물론 젤라토가 유명하다는 집은 다 찾아가서 먹었다.

한국에서부터 보르게세 미술관을 예약해 놓고 보르게세 공원으로 향했다. 예약 시간을 기다리며 숲의 바닥에 누워 나무들 사이에서 흐르는 빛을 눈에 담기도 하고 낮잠도 잤다. 숲에서 아이는 아이인 것을 잊고 온전히 아이처럼 웃었다. 우리 세 식구는 그렇게 풍경이 되었다. 가족이 되었다.

베네치아의 산 마르코 광장에 있던 비둘기들을 아이는 유난히 좋아했다. 비둘기들이 그렇게나 많이 모여 있는 풍경은 한국에서는 쉽게 볼 수 없던 거였는데, 비둘기가 가까이 가도 도망치지 않고 아이의 작은 친구가 되어 주었다. 베네치아에서 배를 타고 갔던 부라노 섬은 파스텔 톤의 건물들이 인상적인 곳이었다. 아이는 세 살이라는 나이를 알록달록 빛깔로 채워 나갔다. 우리는 섬 스케치북에 서툴지만 자유로운 발자국을 남겼다. 햇빛이 스케치북을 비추면 섬은 그날 저녁까지 유효한 한 점의 그림이 되었다.

　밀라노의 산타 마리아 델레 그라치에 성당에서 허락된 15분 동안 우리는 벽에 그려진 레오나르도 다빈치의 〈최후의 만찬〉을 아이 덕분에 스치듯 흘려보내야 했지만, 성당 앞에서 오후 내내 웃고 떠들고 사진 찍을 수 있었다. 밀라노에서 기차를 타고 스위스와 가까운 코모 호수도 갔다. 한적한 호수 풍경은 마음을 편안하게 해줬고 부르나테 산 정상에 올라가서 본 풍경은 아름다웠다. 다시 밀라노로 돌아가기 위해 기차를 기다리고 있을 때, 아이는 역에 있던 작은 가게에 들어가자고 재촉했다. 막상 들어가니 마땅히 살 것이 없었던지 아이의 손은 아무것도 집지 못한 채 불안한 시선만 왔다 갔다 하며 가만히 서 있었다. 내가 빨간 옷을 입은 산타클로스 할아버지 인형을 건네주자 아이의 손은 황급히 받아들었다. 스위치를 왼쪽으로 당기면 불이 켜지는 작은 오너먼트 비슷한 거였다. 그 인형이 아직 우리 집 책장 위에 있다.

로마에서 출발한 기차가 피렌체에 도착했다. 한국에서도 타본 적 없는 기차를 이탈리아에서 처음 타본 아이. 아이는 과자를 먹으면서 창밖 풍경도 보고 스티커 북도 하면서 그 시간을 꽤 즐겼다.

414개의 좁고 어두운 계단을 따라 올라가 조토의 종탑에 이르렀고 빛과 그림자에 따라 달라지는, 붉고 붉지 않은 지붕들의 행렬을 목격했다. 행렬의 가운데에 두오모가 솟아 있었다. 우리 셋은 피렌체의 골목골목을 헤매고 싶어서 지도를 백지처럼 갖고 다녔다. 우피치 미술관에서 보티첼리의 〈비너스의 탄생〉을 볼 때는 "엄마, 조개 위에 여자가 올라갔어!" 하며 탄성을 질러서 얼마나 우리 부부를 당황하게 했던가.

피렌체의 서점에서 그림책과 『어린 왕자』 책을 샀다. 장난감 가게에 가서 피노키오 인형을 사줬더니 신난 아이는 작은 방으로 들어갈 때까지 꼭 껴안고 두 팔을 흔들며 걷는다. 길을 지나가는 아주머니와 아저씨가 동양의 여자아이가 룰루랄라 흥얼거리며 걸어가는 모습을 귀여운 듯 한참을 바라보고 미소를 보인다. 한 도시에 며칠이라도 머물 수 있는 행운이 있다는 것은 그곳의 유명한 건축물과 관광지뿐 아니라 갑작스레 만나는 장소를 지나치지 않아도 된다는 것을 뜻한다. 그 도시의 조금 깊은 곳까지 사랑할 수 있음을 상기시킨다.

피렌체에서 버스를 타고 피렌체 근교의 언덕 위 마을 피에솔레에도 다녀왔다. 관광객이 거의 없어서 풍경 그대로의 얌전함과 솔직함을 내뿜는 곳이었다. 그곳의 가장 높은 곳에 올라 앞을 바라보면 바다에 뜬 집어등처럼 저 멀리 꽃의 도시 피렌체의 정경이 펼쳐진다. 높이 솟아 있는 두오모와 조토의 종탑이 보이고 그것들을 안고 있는 산과 하늘, 바람과 계절이 펼쳐져 있다. 숲에서 나와 숲을 바라보는 일처럼 피렌체에서 나와 피렌체를 응시하는 경험은 내가 피렌체를 사랑하는 이유를 명확하게 알게 해줬다. 분명 땡볕이 흘러내리는 언덕을 우리는 아이와 땀을 흘리며 오르고 내려왔음에도 시간이 흐른 지금은 고단했던 기억은 사라지고 잡을 수 없는 찬란한 풍경 하나만 손바닥에 스치듯 쥐고 있다.

피렌체의 작은 방에 있던 작은 텔레비전에서 나오는 만화를 뜻도 모르면서 흥미롭게 봤던 아이. 근처 시장에서 사 온 토마토를 씻어 먹기도 하고 침대에 누워 낯선 곳의 익숙한 우리의 방을 오래 기억하려 뒹굴뒹굴했다.

유치원에 다니던 때쯤 아이는 "엄마, 우리 그곳에서 여기로 이사 왔잖아." 했다. 나는 아이가 태어나고 한 번도 이사하지 않았다는 사실을 생각하며 아이의 말이 시작된 출발점에 대해 오래 생각해야 했다. 아이는 그 작은 방의 사소한 풍경을 내게 이야기하고 있었다. 아이의 기억 속 최초의 방은 산후조리원의 작은 침대도, 조리원에서 나와 처음 왔던 아파트의 방도 아닌 피렌체의 그곳이었다. 시차에 적응 못 한 아이는 오후 5시쯤 되어서 그 작은 방으로 돌아갈 때쯤이 되면 졸려서 늘 울고 보챘다. 좁은 계단을 올라 2층 방으로 올라가는 동안 남편과 나는 우는 아이를 달래며 허둥지둥 방 열쇠를 꺼내야 했다.

번갈아 가며 힙 시트에 아이를 안고 다니며 뜨거운 여름의 보름 동안 우리는 이탈리아에 있었다. 뜨거운 태양 빛에 발가락까지 시커멓게 타들어 가고 폭염에 아이를 데리고 다닌 고단함으로 입안에서 통증이 돋아났다. 가장 오래, 가장 무겁게 걸었던 여름이었지만 시간이 흐르고 나니 가장 행복한 여름이었다는 사실을 매일 침대에 누워 눈을 감고 나면 깨닫는다. 소스라치게 그 행복이 그리워진다.

아이는 이탈리아에 다녀온 뒤 '얼룩'이라는 발음을 또박또박 발음하기 시작했다. 그냥 '말'이 아닌 '얼룩말'이 된 것이다. 아이 덕분에 말은 '얼룩'의 세계로 들어섰고 아이는 얼룩말이 이끄는 유년을 잘 따라다니고 있다. 꼭 이탈리아에 다녀와서 그런 것만은 아니다. 그렇다. '얼룩'이라는 단어를 발음할 때가 아이에게 온 것이다.

아이와 함께 피렌체의 그 방에 다시 갈 수 있다면, 보르게세 공원의 나무에 기대 음악을 들을 수 있다면 얼마나 좋을까. 더할 나위 없이 아름다울 것 같아 벌써 눈물이 고인다. 피렌체에 있던 세 살 아이의 얼굴을 정확하게 기억해내기 어렵다. 그러나 세 살의 아이를 안고 흘러온 강물의 시간이 한 겹 한 겹 쌓여 아이가 내 어깨만큼 자라는 기적이 일어났다. 헤르만 헤세는 피렌체를 '두고 온 행복'이라고 표현했다. 지금 식탁에 앉아 그림을 그리고 있는 아이의 얼굴 속에 피렌체의 안부가 담겨 있다.

/ 4부 /

내 것이
아닌 것처럼

오늘의 감정

마음에 오래 남는 영화를 보고 나서 '마음에 오래 남는 영화'에 대한 이야기를 내뱉는 순간, '마음에 오래 남는' 동안 느꼈던 마음의 깊은 여정은 뿔뿔이 사라져버리고 '영화'만 남는다. 지난밤 본 영화에 대한 감정이 차고 넘쳐 남편에게라도 말하지 않으면 안 될 것 같은 생각이 들어 말을 꺼내면 안타깝게도 등장인물과 이야기만 남는 것이다.

어떤 사람을 그리워하고 좋아하게 되는 지점도 그렇다. 그 사람이 갖고 있는 배경보다 나만 포착할 수 있는 작은 포인트 때문에 마음을 뺏기게 된다. 내가 말을 할 때

귀 기울여주는 살뜰한 표정이나 내가 한 말들을 기억해두었다가 다음에 만날 때 그 일의 안부를 다시 물어주는 것. 혹은 턱 한 쪽에 손을 괴는 습관이나 살짝 웃을 때 드러나는 가지런한 이 같은 것. 한 박자 뜸을 들이고 말을 시작하는 사소함.

누군가에게 내가 사랑하게 된 사람의 이야기를 해보지만 그들은 내가 사랑한 지점을 공감하기 어려울 때가 있다. 그래서 나 혼자 그 사랑을 독차지할 수 있다. 나만 볼 수 있는 거울 속에 계절 하나를 통째로 심는다. 봄에는 바람에 꽃잎들이 흩날려 거울 속 강물을 물들이고 여름에는 출렁거리는 이파리들이 사랑하는 사람의 얼굴에 그늘을 드리운다. 조금 적요로운 가을 새벽에는 내가 사랑한 감정을 데리고 걷는다. 꽃과 풀, 물과 하늘은 모두 내가 새로이 이름 붙인 사물처럼 새롭다. 겨울의 거울에는 나와 그 사람의 손바닥으로만 지울 수 있는 성에가 생긴다.

시간이 흐르면 영화를 보자마자 가슴에 맴돌던 감정들이 조금씩 사그라든다. 사랑하는 사람과 헤어지고 남은 여운의 그림자도 시간과 함께 좁아지고 낮아진다. 100%를 넘어선 감정은 80%, 60%를 지나 30% 정도밖에 남지 않게 되고 끝내 0%가 된다. 0%가 되면 비로소 그 감정에서 자유로워진다. 자유로워지면서 새로운 차원의 감정이 생긴다. 아주 깊은 바다에 사는 생물을 우리는 보기 힘들 듯 그 감정은 주인조차 보기 드문 것이 되지만, 분명 존재해서 주인 곁을 잠자코 지킨다. 일상을 겪는 동안 문득 그 영화가 떠오르고 문득 그 사람이 떠오른다. 해저에 숨어든 그것이 수면 위로 '떠오르는' 것이다.

사랑이 있어 영화가 만들어지고 멜로디가 생겨난다. 색은 그림 위에서 민낯을 드러내고 작가의 손은 글을 쓰려고 자판 위를 산책한다. 예술가는 그것들을 해내야 직성이 풀리는 사람들이다. 그리고 우리가 할 일은 그들이 만든 것을 '내 것'처럼 느끼고 '내 것이 아닌 것'처럼 관조하는 일이다.

메르시!

〈퐁네프의 연인들〉이란 영화가 있다. 내가 시를 쓴다고 자주 엎드려 있던 자취방에서 보았던 영화 중 하나였다.

예술의 도시 파리를 흐르는 세느강, 다리 위에서 빛나던 불꽃놀이. 시력을 잃어가던 여자에게 보여 주었던 루브르 박물관의 렘브란트 그림. 포도주를 마시고 바닥에 누워 깔깔거리고 춤추는 연인. 여자가 떠나갈까 봐 여자를 찾는 광고지에 불을 붙이는 남자. 사랑과 예술이 존재하고 추함과 더러움이 있으며 욕망과 욕구가 있고 자유와 구속이 화면 가득 펼쳐졌던 영화. 오로지 다리 위에서만 허용된 그것들.

　　감정의 감정을 추스르지 못해 나는 〈퐁네프의 연인들〉이란 시를 썼다. 뭐라도 쓰지 않으면 안 될 것 같은 밤이었다. 그럼에도 불구하고 한동안 마음이 콩닥콩닥 거렸다. 줄리엣 비노쉬의 다른 영화들을 찾아봤고 드니 라방의 눈빛을 오래 기억하려 했다.

　　전주국제영화제가 열리고 있던 그 날, 신혼이었던 우리는 영화를 보고 점심을 먹으러 근처 식당으로 갔다. 메뉴를 고르고 음식을 기다리며 영화제 소식지를 보고 있었다. 소식지에는 그가 영화제 기간에 전주에 방문한다는 기사가 있었다. 그는 퐁네프 다리의 까까머리 청년을 품은 중년이 되어 있었다.

　　소식지를 덮고 잠깐 눈을 돌렸는데 영화처럼 그가 식당 안으로 들어왔다. 살면서 프랑스 배우를 눈앞에서 만날 수 있으리라는 상상조차 할 수 없기 때문에 하마터면 전주에 여행 온 외국인이라 생각할 뻔했지만 조금 전 읽은 소식지 덕분에 그가 그임을 바로 알아차릴 수 있었다.

　　유명한 시집 출판사에서 기념호로 시집과 같은 표지이면서 내지는 무지로 되어 있는 '시집처럼 생긴 수첩'

을 만들었고, 나는 온라인 서점에서 시집을 사고 사은품으로 받았다. 마침 그것이 내 가방 안에 있었고, 영화제와 관련된 사람들과의 식사 자리에 온 그에게 용기를 내 사인을 부탁했다. 그는 나에게 어떤 책이냐고 물었고, 나는 "시(poem)"라고 짧게 대답했다. 그가 수첩을 책처럼 펼쳤는데 기록되지 않은 백색 낱말들만 가득한 무지뿐이었고, 더는 내게 물어보지 않았다. 나 역시 '시집처럼 생긴 수첩'이라고 설명할 방법이 없어 백색 낱말들 속에서 유일하게 자신의 사인이 있는 수첩을 쳐다보는 그의 눈빛을 두고 모른 척할 수밖에 없었다.

고등학교 때 제2외국어로 배운 불어를 뽐낼 수 있었다면 우리의 대화는 조금 더 연장될 수 있었을까? 길게 배우지 않아서 다행이다. 시는 원래 말이 적어야 하니까. 언젠가 세상에 나올 내 시집이 비행기를 타고 그에게 가는 발칙한 상상을 한다.

우리는 같이 사진도 찍었다. 그가 내 어깨에 손을 얹었다. 수첩을 펼쳐보니 그의 이름 옆에 '메르시'가 있었다. 나도 그에게 "메르시" 했다.

메르시!

영화는 어디서든 시작된다.

예술이라는 물질

영화 〈바르다가 사랑한 얼굴들〉에는 바르다가 사랑한 얼굴들이 나온다. 영화감독 아녜스 바르다와 사진작가 JR은 사진을 찍고 현상할 수 있는 사진관 자동차를 타고 프랑스의 이곳저곳을 다니며 사람들을 만난다. 노동자의 얼굴과 노동자의 아내, 뿔을 잃어버린 염소까지 거리에서 만난 사람들의 얼굴을 찍고 즉석에서 현상하고 벽에 건다. 벽은 액자다. 거리가 사진관이다.

어떤 피아니스트는 트레일러를 개조해서 피아노를 싣고 연주 여행을 다녔다. 피아노를 태운 트레일러는 배를 타고 제주도에 이르렀다. 그는 물질을 마치고 나온 해녀

곁에서 피아노 연주를 한다. 해녀들은 피아노 연주를 처음 들었다. 생전 처음 보는 피아니스트와 처음 보는 피아니스트의 손가락. 손가락에서 돋아나는 음악. 파도 같이 요동치는 음악. 해녀들의 귀 곁에 파도 보다 음악이 더 가까웠던 건 처음 있는 일이었다. 제주 바다에는 흰 물살과 푸른 물살이 있고 그 중간쯤에 에메랄드빛 속살이 있다. 음악이 그 사이사이를 비집고 들어간다. 파도는 파도인 것을 잊고 춤을 춘다. 음악이라는 물이 흐른다.

다른 피아니스트는 유명한 피아노 제조 회사의 노동자들에게 피아노 연주를 들려준다. 각자 맡은 일을 매일 반복하는 그들의 일과는 자동차 부품을 만드는 일처럼 피아노라는 사물의 일부분에 갇혀 있다. 개인과 개인의 일상이 합해져 피아노가 완성되고 음악이 형성된다는 것을 그들은 알 리 없는 것이다. 피아노를 만들고 있지만, 피아노와 가장 멀리 있는 피아노 공장의 노동자. 피아니스트는 그들이 만든 피아노로 연주를 한다. 그들의 손은 예술의 탄생에 일조하고 있는 것이다.

음악은 몇백 년 전에 작곡되었다 하더라도 연주하는 지금의 순간, 현재의 곡이 된다. 연주하지 않으면 그저 오래된 종이에 불과하다. 사진은 찍는 순간 현재지만 사진이 되는 순간 과거가 된다. 음악은 과거를 현재라고 우기며 늘 우리 곁에 머무르려고 하고, 사진은 현재를 품지만 과거에 빚지고 있다. 오로지 현재를 품고 있는 것은 아직 세상에 내놓지 않은 생각 같은 것일까.

세상에 내던져진 사진과 음악. 우리의 몸을 거쳐야 그것들은 예술적 감성을 지닌 물질이 된다. 사진관과 공연장에 갇혀 밖으로 나가지 못하는 것이 아니라, 우리의 몸을 관통해서 새로운 이름을 얻은 새로운 존재로서의 예술이 있다. 감동이 아직 몸에 머무르고 있는 동안, 예술은 장소를 잊고 우리에게 아름다움을 선사한다.

서랍은 서럽다

서랍은 열고 싶고, 열면 꺼내고 싶다. 서랍은 뭐든 넣기 좋고, 뭐든 숨기기 좋다. 모두 닫힌 서랍장은 새침한 애인 같다. 약을 넣으면 약 서랍, 양말을 넣으면 양말 서랍, 그릇을 넣으면 그릇 서랍, 일기장과 통장을 넣으면 비밀 서랍, 아무것도 넣지 않으면 그냥 서랍. 서랍은 물건들의 집이다. 고향이다.

시간을 먹고 사는 서랍은 시간에 비례해서 점점 더많은 물건을 소유하게 된다. 뚱뚱해진다. 신기하다. 서랍은 그 많은 물건을 집어 먹고도 몸매를 유지하니까. 닫아놓으면 살이 쪘는지 모르겠다. 정말 그렇다. 닫힌 서랍은 누군가의 문 앞에서 노크해야 하듯 쉽게 열지 말라는 무언의 약속을 품고 있다. 누군가 확 열어버렸을 때 서랍 속 물건들은 샤워를 막 끝내고 큰 수건 하나로 몸 가운데만 가린 상태일 수 있다!

마음이 뒤숭숭한 날 서랍을 통째로 꺼내 물건의 정체를 확인한다. 서랍 속에는 언제 들어갔는지 모를 물건들이 가득하다. 분명 내가 넣은 물건인데 낯설어서 당황스럽다. 잃어버린 물건을 찾을 수 없을 때 집안의 모든 서랍을 연다. 잃어버린 물건이 꼭 그 안에 있을 것만 같아 한 번 열었던 서랍을 닫았다가 다시 열어 뒤진다. 있어야 한다고, 분명 있다고 믿고 있던 물건이 없다. 서랍을 꽝 닫자마자 다시 열고 물건을 끄집어낸다. 어, 이상하네? 분명 여기 있었는데. 여기 있어야 하는데, 라며 착각한다. 물건은 모른 척 대답한다. 아니, 나 여기 없거든!

그리하여, 서랍은 서럽다.

서랍은 처음부터 끝까지 몸을 몇 군데로 분리하여 아낌없이 주는 나무처럼 당신에게 몸을 내줬을 뿐이다. 서랍 속에서 옛 애인의 편지나 쌍꺼풀 수술하기 전의 유년기 사진이라도 나오면 서랍은 괜한 죄책감과 상념에 빠지게 만드는 장본인이 된다. 소화되지 못한 위장처럼 많은 물건을 빽빽하게 집어넣은 서랍은 한번 들어가면 주인의 손길 한번 느껴보지 못한 채 꼼짝 않고 있어야 하는 물건의 무덤이다.

잃어버린 물건들이 어딘가로 가서 '잃어버린 물건들의 도시'를 만들고 있다는 상상을 한다. 내가 잃어버린 물건을 그리워하는 시간을 에너지 삼아 그들은 그들의 왕국을 더욱 튼실하게 짓는다.

잃어버린 것들의 도시에는 물건만 있지 않다. 내가 듣던 음악과 좋아하던 영화, 한때 매일 부르던 친구의 이름이 있다. 서랍 속에서 오래전 듣던 휴대용 시디플레이어가 빼꼼 인사한다. 대학 빈 강의실에 앉아 시디플레이어에 이어폰을 끼고 음악을 듣던 나의 마음. 컵 맨 밑바닥에 가라앉은 침전물처럼 차분히 속삭이는 영혼을 달래려 애쓰던 나의 손길. 친구에게 받은 편지들. 내가 보낸 편지들은 친구의 서랍 속에 아직 있을까. 편지 속에 갇힌 언어들. 봉투 안에 넣고 묶어버린 나의 감성. 미술관에 갈 때마다 사두었던 그림엽서. 그림에 빠져 명화 책을 참 열심히 보던 때가 있었다.

자취방에 있던 나는 누구도 오지 못하게 한 채 스스로를 가두고, 가둔 상태에서 안정감을 느꼈다. 자취방도 서랍 같은 거였다. 나는 열쇠를 열어 서랍 안으로 들어가 옆으로 누워 있기도 하고 엎드리기도 했다. 누가 나를 그려주었다면, 누가 나를 찍어주었다면 나는 슬픔을 잊은 채 모델이 됐을 것이다. 나는 모딜리아니의 그림 속에 나오는 누드모델처럼 눈동자가 없는 차가운 시간을 통과해야 했다.

불면의 밤마다 그림과 영화와 음악과 시에 기댔다. 내가 사랑하던 것들이 나를 돌봐주어서 나는 그 시절을 무사히 지날 수 있었다. 작가가 되니 참 좋구나. '내가 사랑하던 것들이 나를 돌봐주어서 나는 그 시절을 무사히 지날 수 있었다.' 라고 어여쁜 언어들로 시절을 장식할 수 있으니까.

기린의 무늬가 서랍 같다는 생각이 들어서 〈기린 서랍〉이라는 시를 쓰기도 했다. 목까지 네모 서랍을 가득 달고 사는 기린의 삶. 서랍 하나를 열면 서서 잠들어야 하는 기린의 불안이 또 다른 서랍을 열면 저만치 목이 길어져

버린 기린의 고독이 열린다. 잘못 연 서랍에서 아프리카의 바람 소리가 흘러나온다. 내 서랍까지 바람 소리가 이사 온다.

서랍 속 많은 물건에 의지해서 하루를 보내고 서랍에 물건을 채워 넣으며 삶은 지속된다. 닫히지 않는 서랍엔 모양이 잡히지 않은 하루를 담기 좋다.

오묘한 색을 가졌으며 올망졸망한 형태를 유지한 서랍을 보면 집에 데리고 오고 싶어 눈이 번뜩인다. 집에 새 서랍이 오면 물건들은 알아서 자신의 집으로 들어가 이불을 펴고 눕는다. 언제 서랍 밖 외출을 하게 될까, 싶어 천천히 게을러진다.

있는 그대로 만족하며 살기란 쉽지 않다.

랭보와 그녀

고등학교 때 같은 반이었던 그 아이는 시를 좋아했다. 나 역시 시를 좋아해서 문예반 활동을 열심히 했다. 다른 점이 있다면 그녀는 시를 읽고 시를 말한다는 점과 나는 시를 모르고 시에 귀 기울인다는 것. 그녀는 말이 거의 없고 조용한 편이어서 주변에 친구들이 별로 없었고 나는 처음에는 낯을 가리지만 시간이 지나면 조용한 친구, 활발한 친구들을 두루두루 사귀는 편이었다.

점심을 먹고 나면 운동장 벤치에 앉아 이야기를 나누었는데, 어느 날 내게 그녀가 '랭보'를 말했다. 나는 '랭보'라는 단어를 그때, 처음 들었다. 그녀가 혼자 책상에서 시를 쓰기도 했는지 사정은 잘 모르겠지만, 문예반이고 시를 쓴다고 자부하던 내게 랭보를 처음 알려준 그녀를 조금 선망했다.

고백하자면, 나는 그때까지 시를 제대로 읽어본 적이 없었다. 원관념과 보조관념, 은유와 시적 허용 등의 정답을 알기 위한, 밑줄 긋고 외워야 하는 시가 전부였다. 시의 다른 얼굴은 만나지 못했다. 내 시야는 좁은 교과서 안에만 머물러 있었고, 나를 포함한 문예반 친구들은 백일장에서 정해주는 주제로 시나 산문을 썼을 뿐이다. 나는 교과서에 있는 시인 말고 동시대를 살아가고 있는 시인들이 쓴 시가 세상에 아주 많다는 사실을 알지 못했다. 시에 대해, 시인에 대해, 시를 장식하는 언어에 관해 이야기해주는 어른은 없었다. 문예반은 모범생들이 얌전하게 활동할 수 있는 특별활동으로 적합했고 시의 민낯을 궁금해하는 친구는 없었다.

나는 그것들로부터 조금 벗어나고 싶었다. 시화전을 위해 쓴 시를 문예반 선생님이 빨간 사인펜으로 이유를 설명하지 않고 쭉쭉 그어 놓았을 때 마음 아팠다. 다정하게 시가 무엇인지 말해주지도, 시를 사랑하는 법을 알려주지도 않았으면서 그저 빨간 줄을 긋고 돌려주면 끝이어서 속상했다. 소심한 나는 작고 사소한 반발심을 몰래 품고 지냈다. 문예반에서 의례적으로 가는 백일장 말고 전국 단위의 큰 대회를 찾아 야간 자율학습 시간에 시와 산문을 썼다. 내가 쓰고 싶은 글을 썼다. 시를 이야기해줄 어른을 찾아 무작정 편지를 썼다. 내 글과 편지는 내 몸보다 먼저 섬을 건너갔다.

시인이 되어야겠다고 열아홉의 봄에 다짐하고 이듬해 섬 밖에 있는 대학에 입학했다. 자취방에서 현존하는 시인들의 시집을 처음 읽기 시작했다. 읽어야 할 시집이 많아서 덜 적적하고 덜 고독했다. 그렇다고 생각하며 그 시간을 보냈다.

백 명 가까이 되는 대학교 학부 동기생 중에 랭보를 알려줬던 그녀와 같은 이름을 가진 아이가 있었다. 나는 그녀의 부탁으로 그녀가 수업에 늦거나 빠질 때마다 출석 체크 때 그녀 대신 "네!"라고 대답하곤 했다. 그런데 그 아이가 갑작스러운 사고로 세상과 이별했다는 사실을 졸업 후에 알게 되었다. 출석 체크를 해준 것 외엔 특별할 것도 없는 그저 입학 동기일 뿐인데, 소식을 듣고 이상한 소용돌이가 마음에 일어 나지막이 랭보를 이야기했던 동명이인 친구가 생각났다.

　그녀는 폴 세잔의 〈붉은 조끼를 입은 소년〉을 그려서 내게 주었다. 턱을 괴고 무엇인가 골똘히 생각하는 그림 속 소년이 그녀 같다. 그녀 같아서 색은 빛을 잃지 않는다. 빛난다. 나는 시를 잃지 않으려 버둥거리고 있는데, 짧은 곱슬머리 친구는 무엇을 손에 쥐고 지내고 있을까.

그곳에 두고 온 시

아이 엄마가 되고부터 공간에 대한 생각을 부쩍 많이 하게 된다.

아이들이 잠드는 늦은 밤까지 온종일 아이들과 같은 공간에 있다. 방과 거실, 화장실과 주방. 아이 물건이 없는 곳이 없고 물건마다 아이에 대한 생각과 관심이 미치지 않은 것이 없다. 오랜 '타향'살이(결혼하고 아이를 낳고 꽤 오래 이곳에서 살고 있지만 아직 '타향'이라니!)중인 내가 애정을 쏟아부어야 할 대상은 아이들이었다. 유독 아이들에 대한 집중을 놓치기가 쉽지 않다.

그런데, 나에게 시 쓰는 일은 존재를 확인받는 행위

이고 위로의 원천이다. 그런데, 나는 시를 아무 때나 쓰지 못한다. 그런데, 나는 '아이 엄마'임을 잊고 세상에 혼자 있는 느낌이 들어야 시를 쓸 수 있다. 참, 골치 아프다!

육아하며 그림을 그리고 글을 쓰고 음악을 했던 여성들에 관한 책을 자주 들춰본다. 그들은 아이를 먹이고 재우며 어떻게 예술작업을 할 수 있었을까. 언제 어디서 어떤 형태로 하는지 궁금했다. 주방에서 요리하다가도 글쓸 뼈대를 메모해 둔다는 작가도 있고, 아이가 잠든 새벽이나 이른 아침에 작업한다는 그녀도 있다. 아이를 다른 손길에 오래 맡기고 작업실로 간다는 화가도 있다.

내 아이들은 잠깐이라도 내가 아니면 돌봐줄 사람이 없고, 나 자신조차 문밖에 세워두고 들어오지 못하게 할 공간이 없다는 것이 늘 쓸쓸하게 했다. 아직 새 주인을 만나지 못한 빈 아파트에 가서 글을 쓰는 상상, 작은 책상을 아파트 비상계단에 놓고 아이들이 잠들면 그곳에 몰래 가서 글 쓰는 상상을 한다. 화장실의 구멍들을 다 틀어막아 물 대신 시가 흘러나오는 방으로 만드는 상상도 자주 한다.

시를 쓰지 않고 살면 좋겠다고 생각하기도 했다. 아

이들이 자면 재미있는 영화 한 편 보다 잠드는 일상이면 충분하다고 마음 다독인 적도 많다. 시를 잃으면 시를 대신할 무언가가 있어야 하는데, 배운 재주는 없고 타고난 특별함도 없는 내가 시를 모른 척할 수 없었다. 시는 한번 손에 쥔 이상 쉽게 버리지 못하는 마음의 지문이다.

어느 날 섬에 있는 동생에게 연락이 왔다. 내가 고향의 시장 한복판에 방을 얻어 혼자 있는 꿈을 꿨다고 했다. 창문이 없는 어두운 방이었다고 했다. 내가 꾸지 않았지만 내가 꾼 꿈 같고, 실제로 그렇게 하지 않았지만 그럼직해서 한참 생각에 잠겼다.

고향 집은 어른이 되기 전의 나만 있어서 낯설다. 나는 이미 그곳에서 멀리 왔다. 자주 들르지 못하는 고향 집은 나의 일부를 나의 전부라고 우기는 것들로 채워 놓은 먼지 쌓인 박물관이다. 깨트리지 않은 상태로 돌아갈 수 없는 달걀을 오래 쥘 수 없다.

자취를 하는 동안 여러 번의 이사를 거치며 만났던 작은 방과 더 작았던 방. 그곳에 노란 전구를 켜고 내가 내쉬는 숨소리를 들으며 시를 썼던 나는 어디로 갔을까. 어디로 사라져버려서 이렇게 오래 연락이 되지 않는 걸까.

카페 유랑자

엘리베이터 버튼을 누르면서 생각한다. 오늘은 어디로 갈까.

집 근처에는 카페가 많다. 그러나 글을 쓸 수 있는 카페는 많지 않다. 일단 테이크아웃 전문으로 하는 카페는 공간이 협소해서 앉아서 글을 쓸 만한 탁자와 의자가 마땅하지 않다. 그리고 주인이 있는 카페보다 아르바이트생이 있는 카페가 좋다. 커피 한 잔을 시켜놓고 오래 자리를 차지하고 앉아 있는 모습을 어떻게 보고 있을지, 소심한 성격의 나는 웃음 뒤의 장착한 그들의 속마음을 자꾸 신경 쓰게 된다.

이래저래 내가 자주 가는 카페는 다섯 군데로 압축할 수 있다. 첫 번째 카페는 집에서 가까워서 조금만 걸으면 된다. 또한 의자에 앉으면 머리까지 가려지는 가림막이 있어서 주변의 시선에서 자유로울 수 있다. 화장실이 카페 내부에 있다는 것도 장점이다.

두 번째 카페는 커피값이 저렴해서 제일 큰 사이즈의 커피가 다른 프랜차이즈 카페의 보통 사이즈 커피보다도 저렴하다. 그러나 저녁 8시에 문을 닫는다. 그래서 아이들이 학교에 간 오전에 주로 이용한다.

세 번째 카페는 혼자 앉을 수 있는 가림막이 있는 자리가 있고 무엇보다 커트 머리 여자 아르바이트생이 친절해서 좋다. 아르바이트생이 여러 명이어서, 내가 가는 시간에 그녀가 있을 때도 있고 없을 때도 있다. 그녀에게 "아메리카노 큰 사이즈 주세요"라고 하면 그녀는 "진하게 드시죠?"라고 내가 할 말을 그곳에 남겨두고 온 것처럼 대신해준다. 그 작은 관심이 나를 그곳으로 이끈다. 커피를 주문하는 몇 분, 커피잔을 놓고 가는 몇 분이 그녀와 나의 시선이 맞닿는 풍경의 전부지만 그녀가 없을 때는 조금 서운해지기까지 한다. 나는 어릴 때 늘 커트 머리였기 때문에 커트 머리 여자를 보면 조금 오래 마음이 머문다.

　　네 번째 카페는 동네에 있는 카페 중에 가장 크다. 그래서 사람들이 듬성듬성 앉을 확률이 높고, 많이 앉아 있다 하더라도 의자 간 거리가 있기 때문에 글을 쓸 때 덜 신경 쓰인다. 내가 좋아하는 자리는 건물 뒤편에 난 문으로 들어가면 바로 보이는 구석 자리다. 그 곳에 앉아 위를 쳐다보면 스피커가 천장 모서리에 설치되어 있다. 다른 카페에는 그날그날 흘러나오는 노래가 달라서 취향이 아닐 때가 많고 사람들의 말소리를 피해 이어폰을 꼭 끼고 글을 쓰지만, 이곳의 스피커에서는 늘 피아노 연주가 흘러나와 이어폰을 빼고 책을 읽고 글을 쓴다. 바로 위에 스피커가 있기 때문에 비교적 큰 소리가 흘러나오지만 과하지 않은 음량의 피아노 연주여서 분위기에 빠져들면서 책을 읽기 좋다. 그러나 유명 프랜차이즈 카페여서 저녁에는 사람들이 많고, 내가 좋아하는 그 자리에 사람이 앉아 있을 확률도 많기 때문에 주로 아침에 간다. 아이들을 학교에 보내고 9시 30분쯤 가면 아무도 없는 카페에서 혼자 피아노 연주를 독차지할 수 있다. 참, 나뭇결이 느껴지는 탁자의 느낌도 좋다.

다섯 번째 카페는 프랜차이즈 카페지만 비교적 커피값이 저렴하고 앱을 설치하면 주문과 동시에 동그란 카페 로고가 도장처럼 찍혀서 12번 마시면 아메리카노 쿠폰을 받을 수 있는 것이 가장 큰 장점이다. 카페에 자주 가는 나에겐 이런 혜택은 정말 큰 선물이다. 칭찬스티커를 모아 평소 사고 싶던 물건을 사러 가는, 엄마의 손을 꼭 쥔 아이처럼 카페 로고를 모으는 기쁨은 나로 하여금 기꺼이 두 번의 횡단보도를 건너게 한다. 이곳에도 내가 좋아하는 자리는 따로 있으니 커피를 만드는 주방 뒤쪽 구석 자리다. 벽을 보고 앉아 있으면 옆으로 왔다 갔다 하는 사람들의 시선에서 자유롭고 혼자만의 작업실에 있는 듯 안정감이 느껴진다.

　　카페에 앉아 글을 쓰다 보면 이어폰을 꽂고 있는데도 유난히 큰 말소리로 대화하는 사람들의 말소리가 내 귀에 콕콕 박혀 집중을 못 할 때가 간혹 있다. 또한 에어컨을 너무 세게 틀어놓은 곳도 있어서 카디건 하나를 가방에 챙겨 넣고 다닌다. 가려고 했던 카페의 내가 좋아하는 자리에 누군가 앉아 있으면 돌아서서 다른 카페의 내가 좋아하는 자리로 간다. 유난히 덥거나 유난히 추운 여름과 겨울의 카페에는 사람들이 많기 때문에 나를 기다리는 의자에 앉지 못할 때가 많다.

카페 뒷문으로 슬쩍슬쩍 내가 좋아하는 자리의 흐름을 살피는 일. 오늘 내가 글을 쓸 수 있는 장소와 시간을 확보할 수 있다는 것. 내가 아이 엄마임을 잊고 내 이름을 찾을 수 있는 시간이다.

카페에는 모르는 사람뿐이고 내가 글을 쓰고 있다는 것을 몰라서 좋다. 그 '모름' 속에서 나만 아는 이야기를 혼자 피식거리기도 하고 감성에 젖기도 하면서 커피 한 모금을 마신다. 커피는 이 모든 사정을 다 알아버려서 싫증 난 듯 금방 식는다. 식지 않게 자주 마시고 자주 쓰다듬어 주어야 한다.

패터슨

극장에 가서 영화 보기보단 새벽에 문 닫고 집에서 혼자 영화 보는 것을 즐긴다. 물론 큰 화면과 웅장한 소리를 들으며 영화를 즐겨야 영화를 만든 사람이 표현하고자 하는 것에 더 가까이 갈 수 있을지 모르지만, 적어도 나로서는 집에서 혼자 보는 편이 훨씬 영화에 흠뻑 빠지게 된다. 극장에서는 주변에 누가 앉을지 모를 일이라 간혹 숨소리가 거칠거나 작은 말소리를 자주 내는 사람들이 있다면 곤란해진다. 그 소음이 싫다기보단 옆에 누가 있다는 것이 영화에 몰입하지 못하게 한다. 혼자 있어야 나는 슬픔 속에 깊이 빠져들고 기쁘면 소리칠 수 있다. 안타까울 때 먹먹해지는 가슴을 오래오래 느낄 수 있고 아름다운 장면에서는 오롯이 아름다움을 사랑할 수 있다.

그럼에도 불구하고 극장에 가서 영화를 보고 싶을 때가 있었다. 몇 년 전에 개봉한 영화 〈패터슨〉 때문이었다. 포털 사이트에서 우연히 이 영화를 발견하곤 보고 싶다는 생각이 강하게 일렁였다. 그때 나는 시를 쓰지 못한 지 오래되던 때였다. 첫째를 낳고 키우고 유치원에 입학할 때쯤 둘째가 태어났고 둘째를 키우다 돌아보니 누가 내 시간을 잡아먹은 것 마냥 시간이 흘러 있었다. 내가 시 한 줄 쓰지 않는다고 해서 세상은 아무런 손상을 받지 않는다. 또한 내가 시 한 줄 쓴다고 누가 읽어줄 것이며 세상에 어떤 보탬이 되겠는가. 빵 하나를 먹고 빵에 대한 일기를 쓰는 삶이 좀 더 편하고 손쉬운 삶 아닐까. 그런 생각들로 나를 다독였다.

집에서 가까운 극장에는 그 영화를 상영하지 않았다. 집에서 조금 떨어진 곳에 있는 독립영화를 상영하는 극장에서 영화를 상영하고 있었다. 극장 근처에 있는 도서관에 아이들과 남편을 남겨 두고 혼자 극장에 갔다.

〈패터슨〉은 '패터슨'이란 도시에 사는 '패터슨'이

란 이름을 가진 버스 운전사에 관한 이야기다. 그는 버스를 운전하면서 시를 쓴다. 쓴 시를 발표하지도, 누구에게도 보여주지 않는다. 시 쓰는 것 자체를 즐긴다. 아침에 시리얼을 먹으면서 시를 쓰고, 아내가 싸준 도시락을 먹으면서 시를 쓴다. 밥을 먹고 세수를 하듯 시를 쓴다. 그에게시 쓰는 것은 특별한 일상이 아니라 생활의 연장선인 것이다. 그래서 힘들이지 않고 시를 쓸 수 있다. 좋은 시를 쓰려고 애태우지 않는다.

그가 시를 쓰면 화면은 받아 적는다. 커다란 극장 화면 가득 그가 쓴 시들이 펼쳐진다. 컴퓨터 화면으로는 느낄 수 없을지도 모를 감흥이 일렁였다. 보편적인 감성을 불러일으키기엔 무리가 있는 소재인 '시'에 대한 영화였지만 극장에는 꽤 많은 사람이 있었고 양옆으로 빽빽하게 사람들이 앉아 있었다. 그럼에도 불구하고 마음이 불쑥불쑥 쿵쿵거렸다.

아마 내가 시를 못 쓰고 있다는 죄책감과 불안을 너무 많이 쥐고 있던 때여서 그랬던 것 같다. 시 안 쓴다고 아무도 뭐라 하지 않았지만 나는 시를 쓰지 못하고 있는 자신을 받아들이기 힘들었다. 밤낮으로 우는 아이를 달래고 밥을 챙겨줘야 하며 감기를 걱정해야 해서 마음에 시를 위한 자리를 남겨 두지 못했다. 그것이 나의 변명이라면 변명이다. 시가 일찌감치 포기하고 나라는 인간을 피해 도망쳐버린 것 같았다. 지극히 현실적인 육아와 창의적이어야 한다고 믿었던 시 쓰기에 대한 균형을 잡기 힘들었다.

그런데 영화 속 '패터슨'이란 인물은 폼 잡지 않았다. 시 쓰는 것이 특별하다고 내세우지 않으며 강박을 갖지 않고도 시를 쓰고 있었다. 무겁게 쥐고 있던 마음에서 비로소 해방되는 기분이었다. 힘들이지 않고 느긋한 마음을 품고 있어도 시를 쓸 수 있다고 위로해주는 것 같았다. 영화를 보고 나서 나는 다시 시를 쓸 수 있었다. 빵을 먹고 빵에 대한 일기를 쓰는 것에서 멈추지 않고 시 속에 빵 먹는 이야기를 담을 수 있을 용기를 얻었다.

집 밖으로 나가지 않은 것으로 유명한 미국의 시인 에밀리 디킨슨을 모델로 한 그림책 『에밀리』에는 이런 장면이 있다. 시가 무엇이냐고 묻는 아이에게 아빠가 말한다.

"엄마가 연주하는 걸 들어 보렴. 엄마는 한 작품을 연습하고 또 연습하는데, 가끔은 요술 같은 일이 일어나서 음악이 살아 숨 쉬는 것처럼 느껴진단다. 그게 네 몸을 오싹하게 만들지. 그걸 설명할 수는 없어. 그건 정말, 신비로운 일이거든. 그런 일을 말이 할 때, 그걸 시라고 한단다."

시는 신비로운 힘을 가졌다. 그래서 그림책 속 아빠의 말처럼 설명하기 어렵다. 나는 시를 쓰는 사람만이 느낄 수 있는 신비로운 힘을 다시 믿기로 했다. 만지고 쓰다듬으면 마법 같은 일을 일어나게 해주는 영롱한 푸른빛 구슬을 누가 내게 준다면, 나는 그 구슬을 '시'라는 주머니 속에 담고 가만가만 들여다볼 것이다. 구슬 속에 비친 나를 훔쳐 오래오래 시를 쓸 수 있다면 좋겠다.

문장에 기댄 시간

문장 아래, 연필로 그어 놓은 선들. 그 선을 비껴가서 나는 옆 문장에 색연필로 선을 긋는다.

온라인 중고 서점에서 주문한 책의 상태는 '상'이었다. 나는 '최상' 상태의 중고 책을 주로 사지만 그 책은 출간된 지 몇 달 되지 않아서 중고로 나온 책이 그 책밖에 없었고, 요즘 내가 자주 즐겨 읽고 있는 에세이 시리즈의 한 권이었으므로 얼른 읽고 싶은 마음에 '상'의 상태임에도 구매했다. '상'의 기준 중에 밑줄은 없었다.

책의 사용감은 아주 조금 있었으나 전반적으로 깨끗했다. '상'의 기준에 흡족할 만 했다. 아이가 바이올린 레슨을 받는 동안 나는 옆방에서 책을 펼쳐 들었다. 낯선 저자는 내게 낯익은 듯 말을 걸었다. 읽다 보니, 연필로 그어 놓은 자국들이 눈에 띄기 시작했다. 연필로 그어놓았다가 지우개로 지웠던 흔적. 책을 읽는 동안 충분히 감명하고, 적잖이 공감하며 줄을 그었을 그 흔적들을 서점에 팔려고 지우개로 지웠으나, 꼼꼼하지 못한 성격이었던지 그만하면 충분하다 여겼던 건지, 어쨌거나 지우개로 지울 때 손에 힘을 주지 않아 남아버린 그 연한 긴 줄들.

내가 읽는 동안 옆 테이블의 당신이 내게 와서 말을 걸었어. "이 문장을 나는 좋아했어. 당신은 어때?" 나는 고개를 저었지. "그건 평범해서 줄까지 긋고 싶진 않아. 나는 그 옆 문장이 훨씬 좋은데, 당신은 어때?"

우리는 한 권의 책에서 만난다. 판타지 영화 속 장면이었다면, 처음 만난 우리는 책 속 글자에 뒤덮인 방에 앉아 당신은 연필, 나는 색연필을 들고 각자의 문장에 긴 줄을 긋고 있을 테지. 줄을 그을 때 별똥별이 떨어지는 장면이 오버랩되고 기찻길의 긴 줄이나 길고 아늑한 곡선을 그으며 날아가는 철새들의 행렬이 흘러나올 테지.

우리는 마침내 같은 문장에서 만난다. 당신의 연필 위에 나의 색연필이 지나간다. 당신의 연필은 연해지면서 진해진다. 색이 당신의 마음에 불쑥 찾아든다. 당신은 당황스러우면서 쿵쿵거린다. 나는 반가우면서 조급해진다. 나 혼자 알아야 할 문장을, 당신이 빼앗고 책 밖으로 달아나 버릴까 봐.

분명 나는 값을 지불하고 책을 샀으므로 책의 주인이 되었지만, 당신의 입김은 당신의 책이라고 말하고 있었다. 당신은 내가 아무런 감흥을 느끼지 못하는 순간에도 연필을 들고 있었다. 그 마음들을 어찌하려고 서점에 팔아버렸단 말인가. 조금 홀가분해지려고 지우개로 지우려 했던 말인가.

우리 둘은 만났지만 어긋났다. 나는 당신의 과거를 샀고 당신은 당신의 미래를 보기 위해 시간 여행자처럼 내 책 속에 불쑥 왔다. 나는 낯선 저자의 말을 경청하다 당신의 옆모습을 보고 당신의 얼굴을 본다. 우리는 저자의 말을 나눠 갖고 그 단어들로만 이야기한다. 각자 가진 문장으로만 이야기하다가 우리는 같이 부둥켜안은 그 문장쯤에서 자신의 얼굴을 들여다본다. 문장의 마침표는 나의 어깨에, 당신의 뺨에 점을 남긴다.

모르는 당신과 나는 멋대로 친구 삼는다. 밑줄 그은 당신을, 나는 제멋대로 싱거운 사람이라 여겨버린다. 이렇게 책을 쉽게 팔아버릴 거면서 왜 흠뻑 빠져들었는지 나는 묻고 싶다.

밑줄을 그어놓거나 도장을 찍어놓은 책은 팔기 어렵거나 최하 등급을 받는다는 것을 잘 안다. 나도 책을 팔려고 서점에 갔었다. 못 판 책들을 들고 집으로 돌아왔다. 밑줄을 그어놓았거나 도장을 찍어 놓은 책은 내가 책임지겠다는 일종의 선언이다. 그런데 그걸 잊고 서점으로 갔었던 나도 참 싱거운 사람이다.

어느 날 책을 팔아버려야겠다고 마음먹어 버렸을 땐, 내가 좋아하는 것들이 집에 너무 많아 겁에 질린 날이었다. 내가 아끼고 사랑하고 마음 쏟은 책과 음반, 옷과 그릇과 식물들. 이 모든 것들이 나만 바라보고 있어서 벅찬 날이었다. 그런 것들은 어떻게 되든 상관없으니까 나를 아끼고 사랑하고 마음 쏟아주는 그 무언가를 갈망하던 날이었다. 내가 돌보는 것 말고, 누군가가 나를 돌봐주는 것. 말똥말똥 눈앞에 펼쳐진 세상을 쳐다보는 아이가 됐으면 하는 일. 내 의지 없이 누가 나를 어느 시간 앞에 데려다주고, 어느 공간 속으로 밀어 넣어줬으면 하는 것. 결정과 선택 없이 온종일 무생물처럼 보내고 싶은 날, 그런 날이었다고 나는 짐작한다. 내 마음 하나쯤 사라져도 상처받지 않고 쓰라리지 않았으면 하는 날.

그런데, 밑줄을 긋거나 도장을 찍은 책은 아무도 받아주지 않았다.

포도송이의 시간

──────────────

　　자취하던 시절, 마트에 갔다가 와인이라는 것을 처음 샀다. 맑고 투명했다. 보랏빛이지만 보랏빛만 간직하고 있지 않았다. 검은색도 있었고 붉은색도 있었다. 저녁노을의 빛이랄까. 바다를 오래 들여다보면 건져낼 수 있는 색이랄까.

　　마트에 가게 되면 이따금 와인을 샀다. 어디서 왔으며 언제 만들어졌는지, 맛의 강도는 어떤지 보다 가격이 중요했던 자취생 시절. 저렴한 와인 하나를 사서 시를 쓸때, 시를 쓰고 나서 홀가분하면서 마음이 따뜻해졌을 때, 시를 쓰지 못할 때, 시를 쓰지 못해서 괴로울 때 한 모금씩 마셨다.

유리잔은 동그란 거울 같다. 보랏빛 와인을 조금 따랐을 때 나는 평소 입지 못하는 옷을 입고 거울 앞에 선 것처럼 조금 새초롬해진다. 유리는 얇고 투명해서 조금만 잘못 다루면 깨질 것만 같다. 조금만 서툴러도 토라질 것 같다.

코르크 마개는 또 어떠한가. 와인 오프너로 아무리 해도 쉽게 열리지 않는 것이 와인의 세계였다. 요령이 없었고 힘이 모자랐다. 힘이 너무 셌다. 코르크 마개는 꼼짝하지 않고 조금씩 부서지기만 했다. 부서지고 부서졌다. 마개의 잔해들이 톱밥처럼 바닥에 흩어진다. 오프너가 두 팔을 위로 활짝 펼치면 코르크 마개는 불쑥 병에서 빠져나온다. 나도 두 팔을 들어 외친다. 만세!

코르크 마개에 그려진 포도송이 그림이 정겨워서 모으기도 했다. 가벼우면서 손에 닿는 촉감이 좋았다. 시집을 넣어 둔 책장 앞에 코르크 마개를 쌓아 놓았다. 코르크 마개의 반쯤은 어둡다. 와인병 속에 오랫동안 잠겨 있던 시간이다. 그 시간을 맡으면 와인의 냄새가 난다. 끝 냄새. 포도송이의 시간을 마치고 병 속에 담기는 끝 시간. 그리고 시작의 시간. 누군가 코르크 마개를 열어줄 때까지 기다려야 하는 와인의 적요로운 시간.

아이를 낳고 십여 년 동안이나 와인을 잊고 지냈다. 와인 잔은 먼지를 뒤집어쓰기 시작했고 먼지가 잔뜩 묻은 와인 잔을 쓸어 낼 용기가 나질 않았다. 시작하지 않을 거라면 마음을 주지 말아야겠다고, 모른 척해야겠다고 생각했다. 와인의 세계는 내 손에 닿지 않을 만큼 멀었고 육아의 세계가 아코디언의 주름처럼 내 앞에 펼쳐졌기 때문이다.

얼마 전에 지인으로부터 와인을 선물 받았다. 어떤 선물은 취향에 맞지 않고 어떤 선물은 시간과 장소가 허락하지 않아 쓰기 곤란하며, 어떤 선물은 부담스럽기도 한데 와인이라는 선물은 그냥 좋다. 그리하여 먼지 묻은 와인 잔을 몇 번이고 씻었다. 유리의 투명한 속살에 내 그림자가 비친다. 아이들과 남편이 잠든 늦은 밤에 영화를 보며 와인을 마신다. 아, 좋다. 나 혼자 조금 훌쩍이기도 하고 들썩거릴 수 있는 이 시간이 참 좋구나.

아이들이 태어난 해의 와인을 사 두었다. 라벨지의 그림과 디자인에서 오는 느낌으로 골랐다. 아이들이 어른이 됐을 때 같이 마셔야겠다는 환상을 품고 있다. 타임캡슐을 땅에 묻어 놓는 것과 비슷한 발상이라고 해야 할까. 그 짧지만 강렬한 시간을 생각하면 버틸 힘을 얻을 수 있을 것 같다.

모두 잠든 밤, 혼자 마시는 와인의 시간은 조금 적막하다. 적막한 내 얼굴이 투명한 와인 잔에 비칠까 두렵다. 와인과 나만 알기로 한다. 뭐라도 쓰지 않으면 안 될 것 같이 시간이 더디 흐른다. 내일 아침이 오지 않을 것처럼 오늘이 길다.

긴 땅의 모양을 가진 칠레에서 온 와인. 그곳에서 햇빛을 받으며 바람에 섞이며 자라나고 있을 포도송이를 생각한다. 포도송이가 어둠 속에서 숙성되고, 그 시간에 비례하여 또 먼 거리를 날아왔다. 내 방을 두드렸다.

포도송이의 시간을 사랑한다. 보랏빛의 액체로 다시 태어난 연도를 기억하고 쑥쑥 자라나는 시간. 내가 글을 쓰지 못하는 동안 자라났을 포도송이 같은 아이들의 얼굴. 내가 글을 다시 쓰기 시작했을 때 나의 마음은 비로소 와인 잔에 담긴 와인처럼 아름답게 찰랑거리기 시작했다.

포도송이의 시간을 배우려 한다. 한곳에 오래 머물

렸지만 투박하지 않고 관념에 사로잡히지 않으면서, 우아하고 겸손한 포도송이의 시간을 배우려 한다. 포도알들이 모여 송이가 되는 일처럼 책상에 자주 앉는 일이 내가 '쓰는 사람'의 길에 가까워져 가는 것임을 잊지 않으려 한다.

겨울, 코트 생각

겨울에 태어나길 잘했다는 생각이 드는 이유 중의 하나는 코트 때문이다. 나는 코트를 좋아한다. 어지간히 춥지 않으면 패딩점퍼보다는 코트를 입는다. 매서운 겨울 바람이 불어 패딩점퍼를 입지 않으면 안 되는 생존의 이유를 제외하고는 코트를 입는다. 옷의 여러 형태 중에 특별히 나는 코트를 아낀다. 코트를 입으면 내가 멋진 사람이 된 것 같이 기분이 좋다. 코트는 입은 사람을 돋보이게 해주는 매력을 가졌다.

하교하는 아이를 데리러 갈 때, 이따금 나는 집에서 입고 있던 티셔츠 위에 바지만 갈아입고 코트를 입는다.

코트의 단추를 잠그고 머플러를 두 바퀴쯤 돌린다. 감쪽
같다. 안에 입은 후줄근하고 색이 바랜 티셔츠는 사라지
고 없다. 쓰레기를 버리러 갈 때도 그렇다. 집에서 입었던
티셔츠와 제멋대로 주머니가 불룩 생겨버린 바지를 입고
갈 때도 롱코트를 입고 가면 그럭저럭 괜찮다. 코트는 내
가 좀 더 편하도록, 내가 부러 괜찮은 척 신경 쓰지 않아
도 되게 해주는 친구 같다. 엘리베이터에서 만난 사람들
은 짐짓 짐작도 못 할 나의 일들을 감싸주는 큰 보자기.

코트를 입고 싶어 겨울을 기다리는 것인지도 모르겠
다. 코트를 입을 수 있으니까 겨울이 좋은 것인지도 모를
일이다. 겨울에는 내 생일이 있다. 나는 남편에게 코트 선
물을 받는다. 다른 옷에 비해 비싼 코트를 선물로 받을 수
있어 좋다. 비교적 쉽게 살 수 있는 티셔츠나 바지 같은 것
이 아닌 코트를 선물로 말할 수 있어 좋다. 그렇다고 비싼
브랜드 옷을 살 엄두를 내보진 못한다. 아무리 좋아한다
고 해도 마음에 부담이 생기면 그 옷을 온전히 사랑할 수
없기 때문이다. 겨울이 올 때마다 적당한 가격의 코트를
사서 기분 내는 것이 겨울을 맞이하는 나만의 의식이다.

그림책 『안나의 빨간 외투』에는 코트가 완성되기까지의 긴 여정이 그려져 있다. 파란 코트가 작아진 안나에게 엄마는 새 코트를 마련해주려 하지만, 전쟁이 끝난 직후여서 먹을거리조차 구하기 어렵던 때였고 무엇보다 돈이 없었다. 그리하여 안나의 엄마는 양을 기르는 농장에 가서 금시계를 주고 양털을 얻는다. 양털을 얻은 자루를 들고 이번에는 물레질하는 할머니를 찾아 간다. 집에 있던 램프를 할머니에게 드리고 양털을 실로 만들어달라고 부탁한다. 실이 완성되자, 숲속에서 딴 산딸기로 빨갛게 물들인다. 안나가 빨간색을 원했기 때문이다. 옷감 짜는 아주머니는 석류석 목걸이를 받고 옷감을 짜준다. 재봉사 아저씨는 도자기 찻잔을 받고 빨간 옷감으로 코트를 만든다. 안나만을 위한 빨간 외투는 주인공이 되어 쇼윈도에 걸린다. 코트는 안나의 몸을 감싸는 것을 잊지 않았고, 비로소 안나의 코트가 되었다.

　　딸의 코트를 장만하기 위해 생각해낸 엄마의 비책. 이 이야기가 실제 이야기라는 사실이 포근하게 다가온다. 어릴 때 나도 코트는 아니지만, 오랫동안 입었던 점퍼 하나가 있었다. 동료들과 육지로 부부동반 여행을 다녀왔던 부모님이 남대문 시장에서 사다 준 점퍼. 가 본 적 없는 서울에서 온 낯선 점퍼. 그 옷을 나는 마음에 들었으려나 아니면 조금 낯설어서 맹숭맹숭 다가가지 못 했으려나. 옷을 받아든 나의 마음이 기억나질 않는다. 다만, 아이는 누군가의 보살핌이 필요한 존재라는 사실은 확실하다. 누군가 따뜻한 음식을 해줘야 하고 옷을 마련해 줘야 한다. 연고를 발라주고 안아줘야 한다. 다른 것들은 나도 부족함 없이 받아본 것 같은데, 딱 하나 아쉬운 것이 있다면 그건 안아주는 일. 안아주고 사랑한다고 말하는 일은 눈에 보이지 않아서 당장 필요해 보이진 않지만 무엇보다 중요하다. 어른이 되어 보면 아는 것이다. 또한 돈이 아닌, 몸을 써야 한다. 두 팔을 벌려야 하고 입술을 움직여야 한다. 아이들을 키우며 느끼는 것 중 하나는 내가 자랐던 시절의 부모님들은 안아주고 사랑한다고 말하는 일을 중요하게 생각하지 않았다는 것. 물론 다정하게 표현하는 일을 서슴지 않은 부모님도 있었겠지만, 적어도 나의 경우는 그렇다.

　　아이가 태어나 성장하는 일은 엄마의 지극한 사랑이 필요한 일이다. 나는 아이에게 절대적으로 필요한 사랑의 행위를 셔츠에 비유해서 『엄마의 셔츠』라는 그림책을 냈다.

내 몸에 착 감기면서, 단추를 구멍에 끼웠을 때 나를 지탱해주는 코트의 힘을 나는 좋아한다. 코트 덕분에 겨울이 춥다는 것을 알게 된다. 코트 덕분에 겨울이 따뜻할 수 있다는 것을 알게 된다. 코트 덕분에 나도 사랑받는 사람이라는 것을 알게 된다.

겨울은 가고 겨울은 남고

겨울이 되면 우리는 신춘문예에 응모했다.

11월이 되면 신문사별로 나오는 마감 일정을 달력에 표시한다. 원고 마감일이 '소인 유효'인지 '도착'인지 신문사마다 다르기 때문에 원고를 보내야 하는 날이 언제인지 달력에 표시해 두는 것이다. 신문사마다 4~5편 정도의 시를 보내야 하므로 서울에 있는 신문사, 혹은 지방에 있는 신문사까지 다 보내려면 몇십 편의 시가 있어야 한다. 중복 투고를 하면 당선이 되더라도 취소가 되기 때문에 평소에 시를 많이 써두는 것이 중요하다.

시를 평소에 많이 써둬야 한다는 말은 평소에 공부 습관을 가져야 한다는 말처럼 어려운 일이므로, 선선한 가을바람이 불고 낙엽이 쌓이기 시작하는 11월이 되어야 발에 불이 떨어진다. 이미 써둔 시들은 낙선했던 기록을 딱지처럼 붙여 놓았으므로 늘 새로운 시가 필요했다. 세 상을 뒤흔들만한 시, 그래서 나조차 세상에 내던져졌다는 체감을 못 하는, 나의 삶과 닮아 있지만 내 몸에서 떨어져 나가 세상과 대화를 나눌 수 있는 시를 갈급했다. 달력에 비장한 마음으로 빨간 동그라미를 그려 놓으면서 우린 신 춘문예의 계절이 시작되었음을 실감한다.

시를 썼다고 다 마음에 드는 것이 아니므로 써둔 시 중에서 내가 보내고 싶은 시들을 선별한다. 꼭 보내고 싶 은 신문사를 선정하고 신문사마다 보낼 시들을 4~5편 정 도 추리는 것이다. 시라는 것은 정답이 있는 토익이나 공 무원 시험이 아니므로 순전히 자신의 '감'을 믿는 수밖에 없다. 어떤 시가 내 품을 떠나 '등단'이라는 소식을 전해 줄 비둘기가 되어 돌아올지 아무도 모르기 때문이다.

보통 12월 초부터 중순까지 신문사의 마감이 이루 어지므로 12월의 반은 시를 쓰고 퇴고하고 갈색 봉투에 신문사 주소를 적어 우체국에 가는 일로, 그 어느 때보다 분주하다. 12월의 반을 그렇게 보내고 나머지 반은 전화기를 보는 일에 온정신을 쏟는다. 시, 소설, 평론, 아동문학 등 각 부문의 한 사람에게만 울리는 기자의 전화. 크리스마스가 될 때까지 전화를 받지 못했다면 거의 울기 직전까지 간다. 당선되지 않았음이 거의 확실하기 때문이다. 1월 1일자 신문에 당선 시와 당선 소감을 실어야 하므로 기자가 미리 당선 통보를 하기 때문이다.

크리스마스가 되면 우리는 우울한 마음을 어떻게 해야 할지 몰라 헛헛한 웃음을 흘려보내야 했다. 그렇게 12월 31일 밤이 되면 슬슬 신문마다 당선 시와 당선 소감, 심사평이 실리기 시작한다. 신문사들은 응모자가 1,000명에 육박했다거나 5,000편이 넘은 작품이 응모되었다는 '수량'을 앞세워 주눅 들게 했다. 그 정도면 복권에 당첨될 확률과 비슷하지 않나, 하는 자괴감이 섞인 말들을 우리는 쏟아내곤 했다.

심사평에서 본선에 오른 작품 몇 편이나 최종심에 오른 응모자의 이름이 언급되곤 하는데, 그중에 자신의 이름이나 작품을 발견하기라도 한다면 '내년엔 꼭 될 거야' 하는 희망을 품는다. 그 정도까지 가는 것도 기적에 가까울 테니 지면에서 내 이름을 확인하는 것만으로 포기하지 못하게 되는, 일종의 희망 고문인 것이다. 한 사람의 당선자는 힘차고 밝은 기운으로 1월 1일을 맞이하겠지만, 그렇지 못할 수백 명의 응모자에 들 확률이 아주 높기 때문에 나 역시 매해 1월 1일을 허탈하게 보내야 했다.

실명으로 보내기도 하고, 될 것 같은 필명을 지어서 보내기도 한다. 시의 제목을 바꿔서 보내기도 하고 낯선 동네의 낯선 우체국에 가서 응모하기도 한다. 매해 이루어지는 행사지만, 낙선의 고통을 실력에서 찾기보단 환경과 운을 탓하고 싶었기 때문이다. 그래야 내년에 다시 응모할 힘이 생긴다.

남편과 나는 시 때문에 만났다. 시를 사랑해서, 시를 포기하지 못해서 결혼했다. 우리는 둘 다 시 동아리에 속해 있었는데, 시 쓰는 후배들과 각자 써 온 시로 합평회를 하고 밤늦게까지 대학교 교정을 돌아다니곤 했다. 후배들은 졸업하고 결혼하면서 이제 현재의 삶은 나누지 않는 관계가 되어 버렸다. 아직까지 시 쓰는지 궁금하지만 아직까지 등단하지 못해서 포기해 버렸을까 봐, 그래서 아플까 봐 물어보지 못했다. 한때 꿈꾸던 것이 오랜 시간을 지배해버릴 만큼 중요하지 않을 때도 물론 있다. 시를 썼던 한때의 시간이 소중했다고 떠올릴 정도의 여유가 있는지조차 물어보지 못했다.

대학원을 다닐 때 지방 신문사 신춘문예에 당선이 되고 그 후로 계속 도전한 끝에 서울에 있는 신문사에서 당선이 되면서, 나는 '시인'이라는 이름을 얻을 수 있게 되었다. 최종심에 오르지 못하고 덜컥 당선된 탓에 나는 나의 가능성을 가늠하지 못했다. 그러나 남편의 이름이나 작품은 최종심에서 자주 확인할 수 있었기 때문에 나보다 먼저 당선될 거라고 늘 생각했었다. 내가 넘지 못하는 정성과 열의를 청년의 남편에게서 보았기 때문이다. 그러나 나의 가장 가까운 문우인 남편은 아직 신춘문예의 벽을 넘지 못했다.

남편이 시를 얼마나 열심히 써 온 사람인지 나는 알기 때문에, 때가 되면 신문사 공고를 확인해서 남편 책상에 놓인 달력에 '소인'과 '도착'을 표시해둔다. 마감 전날, 갈색 봉투에 신문사 주소를 적어서 남편 책상에 놓아둔다.

늘 바쁘고 잠이 부족한데도 남편은 시 원고가 든

봉투를 식탁 위에 놓고 출근한다. 갈색 봉투에 들어간 남편의 원고가 서울까지 가는 동안 혹시 비나 눈이라도 맞아 젖을까 봐, 봉투가 찢어지기라도 할까 봐 테이프를 몇 번이고 붙인다. 유아차에 태운 아이의 몸을 담요로 덮고 우체국에 가서 저울에 남편의 원고를 올린다. 서울에 있는 모든 신문사에 응모해왔기 때문에 나는 부지런히 유아차를 끌고 우체국에 가야 했다. 차가운 눈과 뜨거운 고독이 만나 유아차 바퀴가 눈길을 굴러간다. 유아차 속 아이들은 겨울을 보내는 동안 집에 두고 혼자 우체국에 가도 될 만큼 자랐다. 겨울만 자란 것이 아니었다.

대부분의 우체국 직원은 "어떻게 보내드릴까요?"라는 말만 하지만, 때론 "작가이신가 봐요." 하며 관심을 보이는 직원도 있다. 나는 "네, 작가가 되고 싶어서요." 한다. 신춘문예가 등단을 위한 과정이라는 것을 모르는 사람이 대부분이기 때문이다. 그러면 그들은 "좋은 소식 있으면 저에게도 알려주세요." 한다거나 "꼭 됐으면 좋겠네요. 글 쓰는 사람 보면 신기해요."를 덧붙인다.

지금은 종이 영수증이 선택이지만, 얼마 전까지만 해도 '익일 도착'으로 가장 빠른 등기를 보내면 종이 영수증을 꼭 발급해줬다. 나는 나와 남편이 응모했던 20대 때부터 내가 당선이 되고 난 후 남편의 원고를 보낼 때마다 늘 종이 영수증을 모아뒀었다. 여행 갔던 기차표나 관람권 같은 것도 모아두는 성격이었으므로 종이 영수증을 모으는 것은 아주 당연하게 생각되어서 시작한 일이었다. 또한, 언젠가 우리 둘 다 당선이 되고 나서 돌아보면 어떤 관문을 통과한 사람이 흔히 말하는 '나를 강하게 만든 실패의 추억'이라고 당당하게 말할 수 있을 것 같았다.

시간이 흐르면 영수증에 찍힌 잉크가 날아가서 희미해진다는 것을 알기 시작한 후부턴, 우체국에서 영수증을 받자마자 복사해서 파일에 정리해두었다. 그 모든 영수증이 모여 한 권의 파일을 꽉 채우고도 남았다. 그 긴 시간 동안 남편은 포기하지 않았던 것이다. 출근하는 남편이 오늘은 꼭 기자로부터 당선 전화를 받으리라 기대했지만 그렇지 못했다. 크리스마스 때까지 전화를 받지 못한 남편은 그럼에도 불구하고 늘 웃었지만 나는 남편의 쓸쓸한 마음을 눈치채기 싫어 어느 때부턴 '신춘문예'라는 말은 꺼내지 않기로 했다. 심사평을 읽어보는 일도 당선 시를 찾아보는 일도 그만두기로 했다. 납작 엎드린 슬픔이 그의 곁에 머무는 동안 머리카락을 자르지 않기로 한 남편의 마음을 나 혼자 짐작해본다.

이제 이 과정은 그저 해가 뜨면 아침이 시작되고 해가 지면 저녁이 시작되는 일처럼 당연해서 아무렇지 않은 일이 되었다. '포기'라는 말을 할 필요 없는 일. 그저 밥을 먹고 나서 양치를 하는 일처럼 매우 당연해서 몸이 알아서 그쪽으로 기울이게 되는 일.

몇백 번인지도 모를 신춘문예 낙선의 기록. 2019년에 있었던 행정안전부의 〈실패박람회〉에 남편은 종이 영수증의 기록으로 인터뷰를 했다. 대부분의 사람에겐 자명하게 실패한 기록이지만 남편에겐 부끄러운 기억이 아닌 것이다. 몇백 번의 실패 경험을 가졌음에도 인터뷰를 하고 사람들 앞에 그것을 드러낼 수 있는 사람이 얼마나 될까. 내가 가지지 못한 남편의 이러한 점을 사랑하기 때문에 기꺼이 나는 앞으로도 우체국에 가는 일을 멈추지 않을 것이다.

남편의 오른손은 시를 쓰고 왼손은 그림을 그린다. 화가가 되고 싶었다기보단 시 쓰는 마음이 물감을 만났을 뿐이라고 믿고 있다. 시를 쓰듯 그림 그리고, 그림 그리

는 왼손의 서툴지만 순수한 마음으로 아이들에게 사랑을
준다.

혼자 가는 먼 집

낮잠을 자는 네 살 아이를 집에 두고 일곱 살 아이의 피아노 학원 근처 지하보도로 내려가 시집을 읽는다. 콘크리트 벽으로 둘러싸인 지하보도의 차가운 벤치에 앉아 시집 속의 글자들을 눈에 담는다. 이따금 지하보도로 걸어 내려오는 발걸음과 지하보도 밖으로 빠져나가는 사람들의 분주한 뒷모습을 바라본다. 낮잠에 빠진 아이가 깨서 울고 있지는 않을까, 일어난 아이에게 위험한 일이 생기는 것은 아닐까 불안한 마음과 섞이며 시집 속 언어들을 마음에 담는다. 불안함 속에서도 시어의 민낯은 빛났다. 몇 편의 시를 읽고 나면 아이가 피아노 학원에서 끝

날 시간이다. 시 속에 빠져든 마음을 서둘러 추스르고 피아노 학원으로 간다. 큰아이의 손을 잡고 서둘러 작은 아이가 있는 집으로 뛰어간다.

굴 말고는 다른 생각을 할 수 없는 사람들 곁에서 나는 자랐다. 마을 사람들은 굴밭으로 가거나 굴밭에서 오는 하루 일과를 보내고 있었고 노을에서조차 굴 냄새가 날 것 같은 그런 곳에 나 혼자 우두커니 시를 쓰게 될 줄은 상상도 못 했다. 열 명의 아이들과 육 년을 함께 보낸 분교에서 특별히 잘하는 것이 무엇인지, 싫어하고 좋아하는 것은 어떤 것인지 나의 욕망에 대해서조차 소극적이었던 나는 글짓기 대회에서 상이라는 것을 받으면서 처음으로 나 자신과 만나는 것을 경험했다. 칭찬을 듬뿍 받아본 경험이 없었고 다른 사람보다 특별히 잘하는 것이 없는 나에게, 상을 받으며 호명되는 내 이름은 평소 입지 못한 옷을 입은 듯 낯설면서 근사했다. 동화작가가 되겠다고 다짐했다. 내가 아는 글쓰기는 동화가 전부였기 때문에 불쑥 든 생각이었다. 그것을 위해 한 것은 아무것도 없다. 그 말은 공기 중에 섞여 휘발되고 말았다. 누구도 내게 그런 재능과 적성이 있을 거라고 생각하지 않았다. 큰 의미를 두지 않았다. 이곳에서는 동화든 어떤 것이든 그런 것 없이 학교만 다니면 된다고 생각하는 사람들뿐이었다.

학교가 끝나면 동생들과 귤밭으로 갔어야 했는데, 귤밭의 연속이었던 꼬불꼬불하고 좁은 길에서 만난 개가 참 무서웠다. 개는 우리 삼 남매의 발소리를 멀리서부터 듣고 짖기 시작했는데, 목줄을 매고 있던 개가 갑자기 자유의 몸이 되어 우리들을 향해 달려들 것 같아 나는 참 두려웠다. 나는 동생들의 의젓한 언니이자 누나가 되어야 했기 때문에 두려움을 쉽게 발설하지 못했는데, 사람들의 그림자는 없고 오직 귤밭만 있는 좁은 길에서 컹컹 짖는 개의 눈빛이 섬뜩해서 밭에 가는 것이 싫다고 엄마에게 말하지 못했다. 그 길의 끝에서 분주하게 농약을 치고 있거나 귤을 수확하는 부모님의 뒷모습을 보고 나서야 마음을 놓을 수 있었다.

나를 일찍 낳은 엄마 덕분에 나는 친구들보다 젊은 엄마를 가질 수 있었는데, 나는 그것이 성장하는 동안 좋으면서 무거웠다. 젊은 엄마여서, 젊고 어여쁜 엄마여서 좋았지만, 나를 낳고 엄마의 청춘은 조금씩 희미해져 갔다는 사실이 아프게 다가왔다. 세 남매를 키우던 젊은 엄마의 한숨과 눈물을 나는 모른 척 하기 힘들었다. 엄마의 꿈은 아이를 키우며 낡아가고 멀어져갔다. 맏이로 태어났기 때문에 내가 엄마의 청춘을 앗아가 버린 시작점인 것만 같았다.

어느 날 엄마의 낡은 공책을 보게 되었다. 공책에는 외국 시인들과 한국 시인들의 시를 베껴 적은 엄마의 글씨가 있었고, 시의 여백에는 엄마가 펜으로 그린 꽃과 대나무 같은 그림들이 있었다. 공책을 봤던 사춘기 시절의 나는 엄마에게 시를 좋아한 적 있는지 물어본 적 없고 엄마도 학창 시절에 대한 이야기는 내게 해준 적 없다. 그건 내가 두 아이의 엄마가 된 지금도 그렇다. 감수성이 예민한 소녀가 갖는 평범한 문학소녀의 꿈이 엄마에게도 있었는지, 한때 빈 공책을 채우는 것을 좋아했던 것이었는지, 시에 깊이 침잠해 있었는지 잘 모르겠다. 엄마와 나는 그런 이야기들은 해 본적 없다.

시를 써야겠다고 마음먹었던 적이 있었는지 정확히 기억나지 않는다. 열다섯이었을까. 나도 모르게 문득 생각난 듯 시라는 것을 쓰고 있었다. 쓰고 있는 것이 시일 수 있다는 생각조차 못 하면서 시를 썼다. 아이가 그림을 그리는 줄 모르고 그림을 그리듯, 시는 배울 수 없는 것이었다.

누군가에게 "난 시 비슷한 것을 쓰고 있어요. 어쩌면 일기일수도 있고 메모일수도 있겠지만." 이라고 말해본 적은 없다. 그 시절 누가 내게 세상의 모든 시집들을 읽을 수 있는 기회를 주었다면 나는 좀 더 세련되게 슬픔을 뽐낼 수 있었을 지도 모른다. 어찌됐든 나는 고등학교에 들어가서 문예반에 들어갔고 백일장이 있을 때마다 주제에 맞는 시를 쓰기 시작했다. 친구들과 공원 같은 곳에 가서 아무데나 앉아 백일장 주제를 듣고 수다를 떨다 마지막에 부랴부랴 써서 내는 시. 그 '부랴부랴' 속에서도 나는 시가 일기나 메모 같은 것에 머물러서는 안 된다는 생각이 들어 온 마음을 다해 썼다. 이따금 조회 시간에 전교생 앞에서 상을 받기도 하고 지역신문에 내 이름이 실리기도 했다. 나는 그것이 내가 내 존재로 빛날 수 있는 유일한 길임을 어슴푸레 깨달았다.

열여덟의 늦가을, 다른 고등학교로 갔던 중학교 때 친구가 4층 교실 창문에서 떨어져서 의식불명에 빠졌었다. 누가 밀거나 실수로 떨어진 것이 아닌, 자신의 다리를 이끌고 떨어지기로 마음먹은 적극적인 행위였다. 누구보다 잘 웃고 순진하면서 순수했던 친구였기 때문에 그때의 나에겐 충격적인 일이었는데 가만히 내 곁에 나지막이 있다가 슬픔의 여백을 채워준 것은 시라는 친구였다. 시는 내 감정의 배출구 역할을 해줬고 백일장에서 주제를 듣고 '만든' 시가 아닌 내 몸의 장기처럼 슬픔이나 괴로움을 충분히 씹고 난 후 일어나는 감정의 잔상을 받아냈다. 그 이후로 나는 백일장의 시와 안녕하고 싶었다. 섬 밖에는 내가 정말로 써야 할 것들이 있을 것 같았다. 그것들을 주우러 섬을 나가야 한다고 생각했다. 소심하고 소극적이고 남에게 웬만하면 피해 주지 않으려는 성격인 나는 섬을 떠나야겠다고 부모님께 처음으로 큰 발악을 했다. 섬 밖으로 나가본 적 없고, 섬 밖은 이질적인 것들로 가득해서 섬사람의 삶과는 섞이지 못할 거라고 생각하는 부모님께 나의 발언은 상상하지 못했던 것일 것이다.

어린 나는 그날 밤에 이모의 손을 잡고 어두컴컴한 숲을 걸었다. 덤불을 밟으며, 어둠을 맨몸으로 걸어내면서 길이 없는 곳을 걸었다. 시내에 살았던 이모는 제사를 가기 위해 우리 마을에 왔다. 사람들과 동떨어진, 귤밭만 있는 곳이었다. 가로등이 있을 리 없었다. 귤밭을 빌려서 농사를 짓고 귤 창고에 살림을 차린 집으로 가야 했다. 이모는 혼자 어둠을 뚫고 가기 두려웠던 것이다. 나는 얼결에 이모와 같이 걷게 되었다. 세상이 다 까맣게 타들어 간 듯 불빛이 사라진 길을, 뭘 밟고 지나가는지도 모른 채 따라갔다. 내 발이 무엇에 닿고 있는지, 내 눈이 무엇을 보고 있는지 모르는 것은 내가 내 몸을 통제하지 못하는 불안을 떠올리게 했다. 몸에 닿는 모든 것들이 무지해서 두려웠다. 깊은 밤, 나무들이 바람에 흔들리며 내던 낮고 처연한 소리, 소리를 내며 쓰러지던 발밑의 풀들, 나무와 나무 사이를 비집고 길을 내며 걸어가는 내 작은 몸. 움츠러들면서 조금 뒷걸음질 치면서, 따라갈 수밖에 없던 내 작은 발.

그 길에서 얻은 감촉이 몸에 드문드문 남아있다. 허수경 시인의 시 제목처럼 나는 혼자 먼 집을 걸어가고 있었다. 어둠이 훔쳐 버린 시간과 공간 속에 이모는 없었다. 시는 내 감정과 밀착되어 있지만, 문장을 뱉고 나면 독립적인 사물이 되어 낯설면서 호감이 가는 어떤 존재의 시를 읽는 듯 새로운 위로로 다가온다. 한 발자국 떨어진 곳에서 내 마음을 관조하는 일. 시 밖의 세상은 낯설고 두려워서 시의 몸을 빌리기로 한 나, 섬의 살덩이를 일부 떼서 온몸에 덮어씌우고 섬을 배신하기로 한 어린 나를, 시는 늙음을 모르는 아이처럼 조건 없이 사랑해준다. 이모와 같이 걸었지만 분명 혼자였던 나는 시를 썼던 친구들이 어디로 사라져버렸는지 몰라서, 우물쭈물 할 말을 잃어버린 아이처럼 혼자 시를 쓰고 있다. 시의 껍데기라도 붙들고 있다.

차가운 지하보도의 벤치에 앉아 짧은 몇십 여 분 동안만 허락된 시 읽기의 시간을 버티던 때가 있었다. 종일 빵을 만들다 잠깐 의자에 앉은 제빵사의 쉼처럼, 지하보도에서 읽은 몇 편의 시가 아름다움으로 울컥, 피어오른다. 허수경의 시•에 나오는 '적요로움의 울음이 있었던 때' '금방 울 것 같은 사내의 아름다움'의 심정을 지나치지 못해서 나 또한 사내의 얼굴이 되어 '킥킥거리며' 쓰는 것이 시인 것만 같다. 울음과 웃음이 뒤섞이며 완성되는 것은 내 얼굴이고, 거기 강물처럼 뒤를 돌아보지 않는 우직한

• 『혼자 가는 먼 집』, 허수경, 문학과 지성사, 1992.

마음이 고여 있는 곳은 쓰고자 하는 나의 손가락이다.

굴밭을 보며 자란 아이가 굴밭이 없는 곳에서 오랫동안 그럭저럭 지내고 있다.

정미소는 한 세계를 깨뜨리고자 하는
모든 개인의 고백을 응원합니다.

우리는 마침내 같은 문장에서 만난다

일상에 깃든 시적인 순간

2023년 2월 14일 1판 1쇄 펴냄

지은이   강윤미
펴낸이   김민섭
펴낸곳   도서출판 정미소

출판등록 2018.11.6. 제2018-000297호
주소   서울시 마포구 월드컵로30가길 27 4층 (03970)
이메일   3091201lin@gmail.com

ISBN   979-11-967694-9-9 03810

• 이 책은 2022 전라북도 문화관광재단
  지역문화예술 육성지원사업의 지원을 받았습니다.